つながる短歌100

人々が心を燃やして詠んだ三十一文字

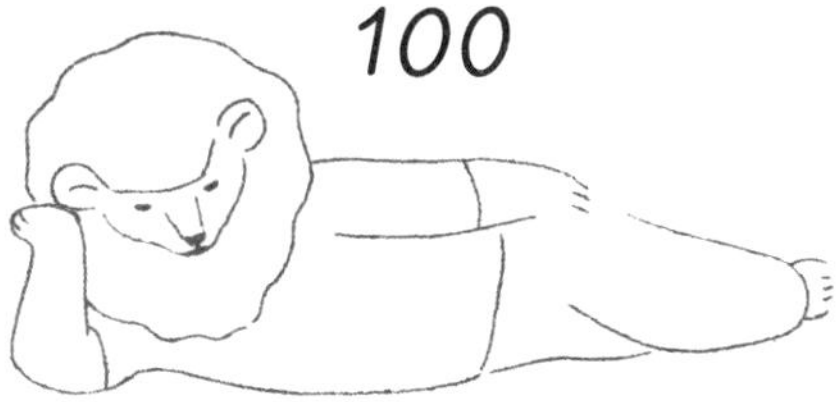

あんの秀子

朝日新聞出版

百人一首かるたのブームが続いています。人の声を通して読みあげられる「うた」の魅力はまたひとしおですが、その百首が、万葉時代から鎌倉時代前期までのおよそ六百年にわたる歌の連なりだということにも、驚きを覚えます。五・七・五・七・七の「三十一文字《みそひともじ》」は、大和言葉《やまとことば》にずいぶんと根づいているのだな、と感じ入ってしまいます。

日本では『万葉集』以来、数多《あまた》の「うた（和歌）」が詠まれ、文字のかたちで残されてきました。さらにこのリズムは、近代以降は「短歌」として現代までも連綿と続き、時空を超えてテーマや題材を共有することもあります。「三十一文字」が、歴史上に何かとても大きな流れをつくっている。それを見渡してみたい。いつの頃からか、そう思うようになりました。

例えばこんなふうに――。

これやこの行くも帰るも別れては
知るも知らぬも逢坂《おうさか》の関
蟬丸《せみまる》『後撰集』一〇八九

ふるさとの訛《なまり》なつかし
停車場《ていしゃば》の人ごみの中に
そを聴きにゆく
石川啄木《たくぼく》『一握の砂』

平安時代前期の歌人・蟬丸は、琵琶の名手だったとされ、高貴な血筋ともいわれますが、どんな人物かはほとんど不明。京都と滋賀の境のあたり、逢坂の関所の近くに住んでいたらしい。

「これはまあ、東に向かう人も都に帰ってくる人も、知っている人も知らない人も、別れては逢うという逢坂の関なんですよ」。歌はこんな意味ですが、行き交う人々を眺めているうちについ口からこぼれて歌になった、難しい言葉などなく、リズムがよくて、フォークソングみたいになった、と考えてみたくもなります。

出会いと別れの繰り返し、とどまっていることのない私たちのそんなありようを、明治人の石川啄木も感じていたようです。ふるさと岩手を離れ、流れ流れて東京にやって来た啄木。新聞の校正の仕事の傍らで、詩歌や文章を書いているのですが、すぐには売れません。しかし、この三行形式の短歌はすでに、まごうことなき「啄木印」。

「停車場」は上野駅と考えてみてもいいでしょう。汽車が着くたびに人々の群れが大きく動き、言葉のさんざめきが伝わっていく。上野は東北の玄関口ですから、岩手の訛《なまり》を話す人もいるでしょう。「なつかし」とは故郷への愛着の気持ちが込められていますが、一方で、故郷から離れているからこそ慕わしい。啄木にとっては、帰ることの難しいふるさとなのです。

琵琶の達人・蟬丸は、鋭い耳を持っていたと思います。停車場で「聴く」啄木もしかり。そして、この二人は故郷や出自からの離脱者であり、人々が盛んに離合集散し、平安京という都、東京という都市が繁栄を迎えようとしている「都の時代」の象徴でもあるのかと思えるのです。

数百年、あるいは千年以上の時を隔てつつも、テーマを同じくする歌同士、時代は同じでも別の視点から詠まれた歌、恋人同士の贈答歌……。

この本では、『万葉集』から現代までの歌を百首選び、二首ずつ（ときには三首）をくらべてつなげ、歌人、時代背景、そして歌の歴史へと、思いをたぐり、めぐらせます。つながる歌と歌、そしてそれらが起こす思わぬ化学反応を、お楽しみいただければ幸いです。

もくじ

うたまくら

くらしのうた

この本の使い方

この本では、四ページごとにテーマを設けて、歌を紹介、解説しています。最初の二ページで歌の紹介、次の二ページで歌についてくわしく解説します。

※歌や作者名などの表記は、一般的なものを採用しています。

テーマ
紹介する歌に共通するテーマです。

歌
二首（または三首）の歌を紹介します。

作者名
歌を詠んだ歌人の名前です。

出典＆時代区分
歌の出所です。勅撰和歌集と、個人の歌集の場合とがあります。また、歌集の成立・刊行の時代や時期を示しています。

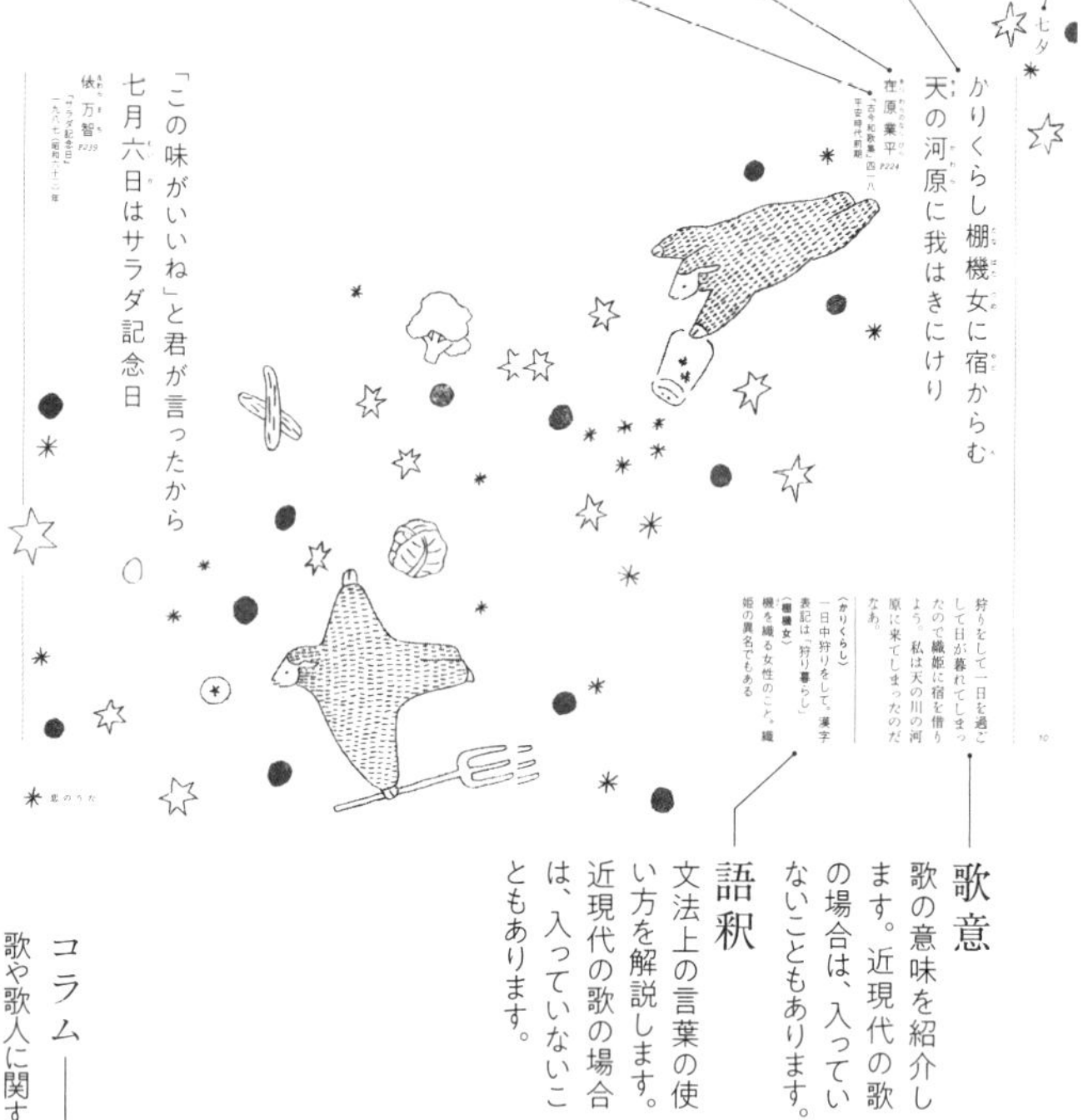

歌意
歌の意味を紹介します。近現代の歌の場合は、入っていないこともあります。

語釈
文法上の言葉の使い方を解説します。近現代の歌の場合は、入っていないこともあります。

コラム
歌や歌人に関する豆知識を紹介します。

解説
前のページで紹介した歌について、共通点やその歌が詠まれた背景などを解説します。

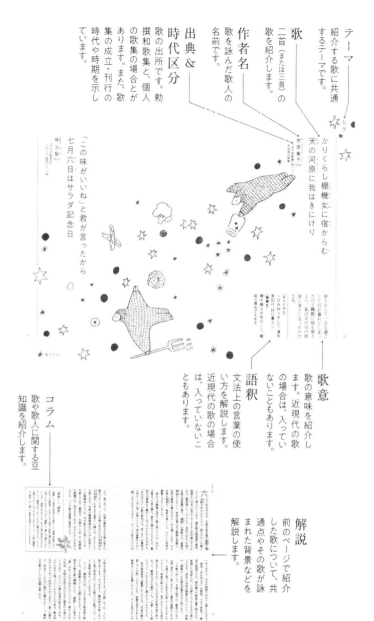

恋のうた

恋のかけひき、片恋《かたこい》、後朝《きぬぎぬ》の別れ。情熱、一方で冷静さ。古代は「相聞《そうもん》」、今は「恋」と呼ばれるその思いは、時代を超えて響き合います。

七夕

かりくらし棚機女《たなばたつめ》に宿《やど》からむ《ん》
天《あま》の河原《かわら》に我はきにけり

在原業平《ありわらのなりひら》 P224
『古今和歌集』四一八
平安時代前期

狩りをして一日を過ごして日が暮れてしまったので織姫に宿を借りよう。私は天の川の河原に来てしまったのだなあ。

〈かりくらし〉
一日中狩りをして。漢字表記は「狩り暮らし」

〈棚機女〉
機《はた》を織る女性のこと。織姫の異名でもある

「この味がいいね」と君が言ったから
七月六日《むいか》はサラダ記念日

俵《たわら》万《ま》智《ち》 P239
『サラダ記念日』
一九八七（昭和六十二）年

古典和歌と近代短歌。同じ五・七・五・七・七の三十一文字でも、異なる文芸の世界、という印象があるかもしれません。また、「短詩」としての短歌を、独立した芸術作品として認識している人も多いのではないでしょうか。

しかし、新しさを感じる近代以降の短歌でも、古典を踏まえていたり、どこかで意識していたりしていることが多いのです。短歌も長歌も含めた「和歌」という大きな流れで見ると、歌は過去に詠まれた歌に応えて作られ、時代を超えて歌同士が呼び合っているようにも思えるのです。

この二首からは「七夕」という共通するものが見えてきます。歌を詠んだのは、平安時代を代表する歌物語『伊勢物語』の主人公とされる在原業平と、平成時代を目前に控えた昭和末に短歌の世界に躍り出た俵万智。『伊勢物語』はその後の文芸に多大な影響をもたらしましたし、俵万智の登場が、現代短歌の世界を大きく変えたのは言うまでもありません。

「かりくらし」は、『伊勢物語』八二段「渚《なぎさ》の院」に出てくる歌で、『古今集』には数行にわたる詞書《ことばがき》（歌の前書き）とともに収められています。

業平は春のある日、惟喬《これたか》親王のお供で交野《かたの》（大阪府枚方《ひらかた》市）を訪れ、一日狩りをしました。「天の川」という場所で宴会を始めると、親王が「かりしてあまのはらにいたる（狩りをして天の川の岸に至る）」ことを歌にしてほしい、と業平に所望します。

遠出をして遊び、一日の締めに川のほとりで宴をすると、川の名が「天の川」という。だったら、名にゆかりのある棚機女《たなばたつめ》（織姫）に宿を借りることにしようということになったのでしょう。棚機女は機《はた》を織る女性のことで、そもそもこの土地も機織りと関連があるようです。七夕は、織姫と彦星が一年に一度会うという中国の伝説に基づきますが、古来日本では、その日に川岸で棚機女が機を織ると神様が降りてくるという信仰があり、それとも融合しているのです。

そうか、織姫がいるのなら、私たちは天空の天の川に来たことにしよう——。

業平は即興で宴を彩る歌を詠んだのですが、地の天の川から夜空の天の川へと、視界がぱあっと開けるような開放感があります。お酒がいっそうおいしくなるにちがいありません。

俵万智の「この味がいいね」は、話し言葉そのままに、けれども、「この味が／いいねと君が／言ったから／七月六日は／サラダ記念日」と四句の字余り以外、定型を守っています。話し言葉を写しとっただけのようでいて、音としても文字としても読まれ、そして記憶される「口語短歌《こうご》」という表現のかたちなのです。

七夕の前日の六日に「君」と過ごすために腕を振るって手料理を作ったのですね。男女どちらも相手を呼ぶのに「君」を使いますが、女性から男性に対してなのが古典的で、引き締まった感じがしていいなあと思います。

旧暦の七月七日はもう秋で、今なら八月下旬。澄み渡る空に織姫と彦星の出会いが演出されました。しかし、業平の「天の川」は朧《おぼろ》な空気感の漂う春ですし、俵万智の「サラダ記念日」も期待を持たせつつもズバリ七月七日その日ではありません。ずらしとでも言いますか、二人の歌いぶりはともに、言葉で埋め尽くすのではなく余白を残して、味わう側を歌の世界に誘い込むのです。

あかねさす紫《むらさき》野《の》行き標《しめ》野《の》行き
野《の》守《もり》は見ずや君が袖振る

額《ぬか》田《たの》王《おおきみ》 P240
『万葉集』巻一・二〇
奈良時代

紫草の生える野を行き、標野を行きながら、野の番人が見てしまうではありませんか。あなたが私に、しきりに袖を振るのを。

〈あかねさす〉
茜《あかね》色に照り輝くことから、「日」「昼」「紫」などにかかる枕詞。茜色とは、朱を帯びた沈んだ赤色

〈標野〉
天皇または貴人の所有地。一般の人は立ち入れない

〈袖振る〉
求愛のしるし

紫草《むらさき》のにほ《お》へる妹《いも》を憎くあらば
人妻ゆゑ《え》に我恋《こ》ひ《い》めやも

大《おお》海《あま》人《の》皇子《おうじ》（天武《てんむ》天皇）
P233
『万葉集』巻一・二一
奈良時代

紫草のように美しいあなたが憎かったならば、恋しく思うことがあるでしょうか。いや、そうではないだろうなあ。

〈にほへる〉
「にほへ」は「にほふ」（匂ふ）の活用形。照り映える、光り輝くように美しいこと

〈〜めやも〉
〜だろうか、いや、そうではないなあ

六六八年五月五日、天智天皇主催の遊猟《みかり》が蒲生野《がもうの》で行われたときに、詠みかわした歌として よく知られています。蒲生野は琵琶湖の東岸、琵琶を三日月に見立てたとすると右の弧の下にあたる、開拓地といったところ。近江にゆかりの深い天智天皇直轄の地で、「標野《しめの》」は禁野です。遊猟は薬狩《くすりが》りともいい、男性は薬になる動物を狩猟し、女性は薬草を摘みながら一日を過ごします。おもな草が紫草《むらさき》で、染料や薬として、たいへん有用な植物とされていました。

男たちは動物を求めて動き回っている。女たちは集まって草を摘む。夢中で摘んでいるうちに、額田王は集団から離れてしまったのかもしれません。「あかねさす」の歌の結句では、君（皇子）が額田王に向かって手（袖）を振っている。昔の着物ですから「袖」はそれなりに大きく、けっこう目立つにちがいありません。ただの挨拶ではないと感じられます。

初句「あかねさす」は茜色、つまり赤色で、紫草の枕詞ですが、春の盛りの野原を覆う明るさや、高揚した気持ちが、この語ひとつからも立ち現れてきます。四句と五句は倒置になっていて、末尾の「袖振る」が大事な言葉なのだと思います。

この歌に対して、大海人皇子は「紫草のにほへる妹（紫草のように輝くあなた）」と最大の賛辞をしながら、人妻だと知ってもあなたが恋しくてならないのですよと、率直な詠いぶり。皇子はのちに天武天皇になりますが、このころは兄の天智天皇の世であって、額田王はその妻の一人。「人妻」という語によって、それをきちんと押さえているわけです。

私が高校時代に鑑賞したときには、「天皇の妻を恋している弟」ということで、危険な恋だなあとか、純粋な二人を応援したいとか、そんな見方をしました。後になって、以前は額田王が大海人皇子の妻だったことや、二人の間に生まれた十市皇女《とおちのひめみこ》は大友皇子《おおとものおうじ》（天智天皇の後継ぎ）に嫁いだ、なんてことを知ります。当時の婚姻関係はずいぶん自由というか戦略的というか、今の私たちが思うような、天智（中大兄）・額田王・大海人（天武）の三角関係の悲痛さは、実はあまりなかったのかもしれません。さらに、二つの歌は遊猟の宴会で人々を和ませ笑わせるような「ざれ歌」だった、という説もあります。そうなると、儀礼的なお楽しみとして宴で共有され、人々を結びつける歌だった、という意味も加わってくるのです。

　そして、額田王には、二人の有力な政治家を前にした、宮廷歌人としての顔もあります。そんな彼女が歌を詠む機縁として、「紫野」での皇子の「袖」があったのではないでしょうか。華やいだ公の外出、当時の生活に欠かせない薬草の土地でのことであり、そういった場に自身の恋をなじませ、人々に伝わり残っていくのをどこかで祈る。歌は自分のものであって自分のものではない。遠くの誰かに、出会うことのない誰かに贈るもの――。額田王の歌人としての気概を感じます。

「紫野」と「標野」

「紫野」は、紫草が栽培される野のこと。紫草は初夏に白い花をつける野草で、古代からその根が、染料や薬の材料として用いられてきました。また、「標野」の「標」は、「標《し》む・占《し》む」につながり、境界の印をつける、ある土地を自分のものとする、という意味があります。その印は縄や門などで、しっかりと閉ざされていなければなりませんでした。この歌の標野では、渡来人が入植して紫草を栽培していたといわれます。

君が行《ゆ》く道のながてを繰《く》り畳《たた》ね
焼き亡《ほろ》ぼさむ《ん》天《あめ》の火もがも

狭《さ》野《のの》茅《ち》上《がみの》娘子《おとめ》 P237
『万葉集』巻十五・三七二四
奈良時代

あなたがこれから行く長い長い道のりを、たぐり寄せて焼き滅ぼしてしまうような天の火があってほしい。

〈ながて〉長い道のり
〈繰り畳ね〉たぐり寄せて畳む
〈もがも〉「願望」を表す

女性のきめこまかい肌、その下を流れる熱い血潮にふれてもみないで、寂しくないのですか、道徳を説くあなたよ。

〈やわ肌〉
やわらかな肌。特に女性の肌のこと

〈道〉
人間が行うべき道。道徳

やわ肌のあつき血汐《ちしお》にふれも見でさびしからずや道《みち》を説く君

与謝野晶子《よさのあきこ》 P229
『みだれ髪』
一九〇一（明治三十四）年

天の命によって、恋するあなたがこれから行く道が一気に焼き尽くされてしまえば、あなたは行けなくなる。そうしたら、二人はまた逢うことができる――。

天の力で道が焼かれてしまうという、こんなありえないことを、強い気持ちを堂々と詠むなんて、古代の女性の積極性に、圧倒されずにはいられません。

逢ったら、もろともに天の火に焼かれてもいい、それくらいの覚悟まで感じられるのではないでしょうか。

『万葉集』巻十五の後半を占める、愛し合う男女の贈答のやり取り六十三首のうち、女性の情熱が際立つ点で、屈指の歌だと思います。

歌人は狭野茅上娘子、朝廷につとめる下級の女官。夫の中臣宅守《なかとみのやかもり》が夫婦関係のことで罰を受け、引き離されるようにして宅守が越前《えちぜん》（福井県）に送られます。

別れねばならなくなったときの悲しみや、困難な道を行く夫への気づかい、離れた夫への恋慕。心を占めるものは夫のことばかり。そうして次々と歌が詠まれました。

魂《たましい》は朝《あした》夕《ゆうべ》に賜《たま》ふれど
吾《あ》が胸痛し恋の繁《しげ》きに

『万葉集』巻十五・三七六七

――遠くにいる夫から魂を朝に夕べにいただくけれど、私は胸が痛んでしかたがない、恋が募って

夫の魂を確かなものとして、彼女は身体でとらえている。「恋の繁き」とありますから、魂の交流によって自分の思いはさらに募るのだと、これもまた、てらいがありません。

歌を詠まずにはいられない。詠めば詠むほど、思いが湧き上がる――。

与謝野晶子の詠みぶりを思い出します。一九〇〇（明治三十三）年、「明星《みょうじょう》」に掲載された歌。「道を説く君」が、間もなく夫となる与謝野鉄幹《てっかん》か、はたまた別の人物かの議論があります（文通相手だった僧の河野鉄南《こうのてつなん》との説も）。ただ、私はどちらでも構わないと思います。気難しい顔をした一般男性諸君、あるいは儒教道徳の根強い当時の世間に向けて、でもいいかもしれません。

女性が自らの身体を詠い、恋することを実践しようとしているのに、男のほうが触れようともしないなんて、なんですか、つまらない――。

近代の女性としての、新しい生き方の宣言も込められているようです。

人間らしい心情、恋愛の自由をうたいあげようという機運が新体詩《しんたいし》などにも起きていて、「やわ肌」という刺激的な言葉がこの歌で初めて用いられたわけではありません。とはいえ樋口一葉『たけくらべ』が一八九五（明治二十八）年発表、島崎藤村『若菜集』が一八九七（明治三十）年刊行ですから、この歌での「やわ肌」も、相当勇気のいることだったのではないでしょうか。鉄幹という支えなしでは、世に出なかったかもしれません。

新たな詩歌の創造は一人の力だけで成り立つものではありません。新体詩もそうですが、この歌を受け止める読者たちも、その後押しをしたのではないでしょうか。

思えば万葉の時代に、卓抜な表現で歌を残した茅上娘子もまた、当時の同様な立場の女性たちから支持されていたのかもしれません。

君が行く海辺の宿に霧立たば
我《あ》が立ち嘆く息と知りませ

遣《けん》新羅《しらぎ》使《し》の妻
『万葉集』巻十五・三五八〇
奈良時代

あなたが行く海辺の宿に霧がもし立ったならば、残された私が立ち嘆いている息だと知ってほしいのです。

たちまちに君の姿を霧とざし
或《あ》る楽章をわれは思ひ《い》き

近《こん》藤《どう》芳《よし》美《み》 P236
『早春歌』
一九四八（昭和二十三）年

恋人を見送っていると、すぐに白い霧に覆われて、その姿が見えなくなってしまった。そのときふと、ある楽章を思い出したのだった。

〈たちまちに〉
すぐに、にわかに
〈楽章〉
交響曲やソナタなどを構成する、一定の独立性を備えた曲
〈思ひき〉
思い出していた。「き」は回想を表す

『万葉集』巻十五には、「遣新羅使《けんしらぎし》」にまつわる歌が一五〇首近く収められています。

遣唐使はよく知られるところですが、奈良時代には、当時の日本にとって先進国であった新羅（朝鮮半島南部）に、技術や文化を導入するための使節として向かった人たちもいたのでした。七三六年に任命された使節は、船旅の困難や流行病に悩まされ、加えて外交関係が悪くなっていたため、着いたとしても新羅の都に入れずに戻されてしまったといいます。

残された家族の心配はどれほどのものだったか。この歌は旅立つ夫に向けて妻が詠んだものです。夫は海に乗り出していかねばなりません。大海に臨むときに霧が立つようなことがあれば、それは妻の命が注がれた息だというのです。

「霧」となって夫のそばにいるという妻の気持ちに、夫が応える歌もあります。

沖《おき》つ風《かぜ》いたく吹きせば
吾妹子《わぎもこ》が嘆きの霧に飽かましものを
遣新羅使『万葉集』巻十五・三六一六

――沖から風が激しく吹いてきたら、妻の嘆きの息が霧になって遠くまでやってきたにちがいないから、飽きるまでそれを浴びていたいものだが

近藤芳美は、昭和の初めに「アララギ」に入会した歌人です。一九一三（大正二）年、父の任地だった朝鮮の馬山《マサン》で生まれ、広島市で学生生活を送りました。一九三七（昭和十二）年の夏、朝鮮にいる父母のもとを訪ねたときに、歌会でのちに妻となる女性と出会います。

思いを残しながらの別れ、手を振りながら互いを見つめていますが、「たちまちに」霧が恋人の姿を隠してしまう。そのとき歌人の中で、ある音楽

が鳴り始める。彼女はこれからどうなってしまうのだろう、再び会うことはできるだろうかと、思いが高まります。

四句の「或る楽章」とは特定の音楽ではあるのでしょう。しかし、『万葉集』の歌とともに味わってみると、それは恋人の存在そのもの、ついさっきまでそばにいた恋人の「息」なのではないか、と思ったりもするのです。

遣新羅使の妻の「君」は夫、一方で近藤の「君」はのちに妻となる女性。しかし、どちらからの投げかけであっても、求める相手の気持ちに応えようとするもう一人がいる。二人の存在が「君」の一語で響き合っているような気がします。

時代や社会に翻弄される男女のありよう、海という隔て。近代は古代に比べて海難事故は少ないけれど、時は日中戦争が始まった頃で、それは多くの人を巻き込んでしまいます。

古代も近代も、人々の試練に変わりはありません。そして歌に託された、大海をも越えてしまう思いにも変わりはないのです。

霧に消えた「君」のその後

近藤芳美と「君」は、日中戦争のさなかにあって静かに思いを届け合い、三年後に結婚しました。

近々《ちかぢか》とまなこ閉ぢ居《い》し
汝《なれ》の顔何の光に明《あか》るかりしか

『早春歌』

あの霧は晴れたのですね。そして、互いの身を近くにおくことになるのです。「まなこ閉ぢ居し」とありますから、二人でいる確かな時間の経過が感じられます。そして、「汝」と呼ぶ恋人の顔は光を受けて明るい。見つめる歌人が恋人を輝かせているという自信もあるのでしょうが、歌人もまたその光を受けているのです。

思ひ《い》つつ寝《ぬ》ればや人の見えつらむ《ん》
夢と知りせば覚《さ》めざらましを

小《お》野《のの》小《こ》町《まち》 P225
『古今和歌集』五五二
平安時代前期

恋しいと思いながら寝たので、あの人に会えたのでしょうか。夢とわかっていたならば目覚めなかったのだけれど。

〈人〉
思い人のこと
〈や～見えつらむ〉
会えたのでしょうか。疑問の係助詞「や」を受けるかたちで問いかける
〈～せば…まし〉
もし～ならば…なかったのに。反実仮想を表す

なべて世《よ》のはかなきことを悲しとは
かかる夢見ぬ人や言ひけむ《ん》

建《けん》礼《れい》門《もん》院《いん》右《う》京《きょう》大《だい》夫《ぶ》 P235
『建礼門院右京大夫集』
鎌倉時代初期

ふつう世の中の人たちが死に対して悲しいというのは、このような夢（恋人の死という、夢であってほしいような事態）を見ない人が言ったのだろうか。

〈なべて〉
おしなべて、一般に
〈はかなきこと〉
人が死んでしまうという運命にあること
〈かかる夢〉
恋人・平資盛《たいらのすけもり》の死

夢

だととっさにわからず、夢にとどまっていられなくて目覚めてしまった——。せっかくあの人と出会えたのに、その夢にはもう戻れない。

リアルを追求するにも異世界を展開するにも、めくるめく世界を再現した映像などをもたない昔の人にとって、夢を見るということは、ある出来事が自らのうちにまざまざと立ち現れる、またとない体験だったのではないでしょうか。

夢を脳の現象だとして、願いが夢にただ反映されているだけ、と考えがちな現代の私たちよりも、夢への思い入れには格別なものがありました。「夢」という生が現実とは別の位相《いそう》にあって、そこに導かれるかのように。

『古今集』「恋歌二」の冒頭には、紹介した歌を筆頭に、小野小町の「夢」の歌三首が並びます。

うたた寝に恋しき人を見てしより
夢てふものは頼《たの》みそめてき　『古今集』五五三

——うたた寝で恋しい人に会って以来、夢を頼みにするようになった

いとせめて恋しき時はむばたまの
夜の衣《ころも》をかへしてぞ着る　『古今集』五五四

——恋しい思いが募るときにはその人と夢で会えるよう、着物を裏返して寝るのだ

まさに夢三部作。一首目から三首目へと思いは高まっているのに、相手との距離は縮まるどころか、夢を頼みにするばかり。「夢で会えた」から、「せめて夢で会いたい」となり、明け方の夢からうたた寝へ、やがて着物を裏返して寝る夜（恋しい人と夢で逢えるという、当時のおまじない）へと転じます。

そして時は、小町の生きた平安時代前期から、源平の争乱の時代へ。思い出を綴る日記の中に、歌を多く交えた『建礼門院右京大夫集』。作者は十二世紀、平家一門繁栄の時代に、建礼門院徳子《とくこ》（平清盛《きよもり》の娘、高倉《たかくら》天皇の中宮《ちゅうぐう》）に仕えた女性です。

恋人の一人が平清盛の孫・資盛《すけもり》で、正妻ではない立場の苦悩もありました。やがて一一八三年七月、平家の都落ちによって別れが訪れます。資盛の兄弟の入水《じゅすい》も伝えられる中で二人は和歌をやり取りしますが、一一八五年三月、平家は壇《だん》ノ浦《うら》の合戦で敗北。歌人は資盛が入水し、亡くなったという知らせを受けます。

茫然として泣き暮らし、忘れようとしても資盛の面影が身から離れません。何にもたとえようのないことだと感じ、「なべて世の」と歌を詠みます。恋人の死にみまわれて「かかる夢」を見ている歌人。その死が現実だとはとても思えないのです。亡き人・資盛の存在をそばにいるように感じていて、「かかる夢」を見ない世の人が発する「悲し」という言葉は、歌人からはあまりにも遠い。「悲し」とは、死を対象化したときに出るのであって、「世」のもの、こちら側（此岸《しがん》）の言葉なのです。

しかし一方で、戦乱の世にあって数多《あまた》の死の報《しらせ》を聞いていたけれど、いざ恋人の死を知るとなると、生と死のあまりの落差に歌人は慄《おのの》いたのではないでしょうか。彼女は、資盛のいる向こう側（彼岸《ひがん》）には行くことができない。これまでの死に対する認識が通じないのです。特別な人を通して実感した死を受け止められず、現実ではない「夢」にとどまっていたのではないかと思います。

右京大夫はその後も長く生きました。夢が現《うつつ》を支えたのでしょうか。

後《きぬ》朝《ぎぬ》の独り言

夢ならで夢なることをなげきつつ
春のはかなき物思ふ《う》かな

藤《ふじ》原《わらの》義《よし》孝《たか》

P241

『義孝集』
平安時代中期

夢ではなくて現実なのに、夢のように感じられることだと嘆きながら、春に儚いもの思いをしているのだなあ。

朝顔を何はかなしと思ひ《い》けれ
人をも花はさこそ見るらめ

藤《ふじ》原《わらの》道《みち》信《のぶ》 P241

『拾遺和歌集』一二八三
平安時代中期

どういうことで朝顔を儚いと思っていたのだろうか。人間こそ儚い、朝顔もそう思って見ているだろう。

〈朝顔〉
朝早く開き午後にしぼんでしまうことから、儚さ・頼りなさを表す花

十世紀後半を生きた夭折《ようせつ》の貴公子、藤原義孝と藤原道信。いずれも二十歳前後で亡くなった二人の「後朝《きぬぎぬ》」の歌は、百人一首にも収められています。

君がため惜しからざりし命さへ
長くもがなと思ひけるかな
藤原義孝『後拾遺集』六六九

——これまでは惜しくなかった命が、あなたと逢ってからは長くあってほしいと思うのだなあ

明《あ》けぬれば暮《く》るるものとは知りながら
なほ恨めしき朝ぼらけかな
藤原道信『後拾遺集』六七二

——夜が明ければ暮れるものと知ってはいるけれど、やはりどうにも恨めしい夜明けなのですよ

共寝をしてから人生が変わってしまった、逢うために生きていると、まあわかりやすいこと。

結婚の主流が通い婚だった当時は、夜に男が女のもとを訪ね、朝になると別れなければならないことから、多様な歌が生まれました。文《ふみ》（手紙）に詠まれた歌が男女の出会いの決め手になることもあったのですから、歌の基本や書を身につけてセンスを磨くことは、日頃からの心がけ。贈る際には紙を選び、折々の草花を添えたりして。

義孝と道信の年齢には二十歳ほどの差があり、一世代くらい離れた二人です。義孝は摂政・藤原伊尹《これまさ》の子、道信は太政大臣・藤原為光《ためみつ》の子と、いずれも高貴な身分に生まれて文化度も高く、歌の上手。どんな女性でも、声をかけられたら心を動かさずにはいられなかったでしょう。

義孝の「夢ならで」は訳しにくい歌です。夢で

はないのに夢みたいだと嘆きながら、儚いもの思いをするのだなあ、と。ぼんやりとした春の物思いに、つい引き込まれてしまいます。昨夜の恋を思い出しているのでしょうか。

二首目の「朝顔」は古くはキキョウのことでしたが、平安時代半ばになると、朝早く開き午後にしぼんでしまうことから、儚さや頼りなさを表す花として現在の朝顔を指すように。この歌は、朝顔のほうも人を見ているという着想が面白いし、朝顔は「寝起きの顔」も意味するので女性の面影も感じられて、恋の気分も漂ってきます。

どちらの歌も、後朝の文を相手の女性に贈ったあとに、一人つぶやくような心持ちなのではないでしょうか。ともに「はかなき」「はかなし」とあって、どこまでも淡く、やさしい。自らの命の短さを予感したかのような。儚さを覚えることすらも、早くに閉ざされてしまう人生だったのです。

義孝は当時流行した天然痘で、九七四年九月十六日に死去したと書き残されています。後世でも美貌と信心深さで知られ、あの世から歌を詠んでよこしたり、人の夢に現れたりして、死後の歌もいくつか伝わるという人気ぶり。その二十年後の九九四年、道信も同じく天然痘で世を去りました。

朝、別れていく衣と衣

「後朝」の語源は、互いの衣《きぬ》を重ねて寝た男女が、翌朝別れるときにそれぞれの衣を身につけたことから。帰った男は女のもとに文を贈る際に、歌を書きつけました。その文の使いを「後朝の使い」といいます。三日通うと結婚成立。ただし、このの ちに婚姻関係が続くとは限らず、待つ立場の女性にとってはつらい場面も、歌によく詠まれました。

黒髪の別れを惜しみきりぎりす
枕の下に乱れ鳴くかな

待《たい》賢《けん》門《もん》院《いんの》堀《ほり》河《かわ》
P239
『待賢門院堀河集』
平安時代後期

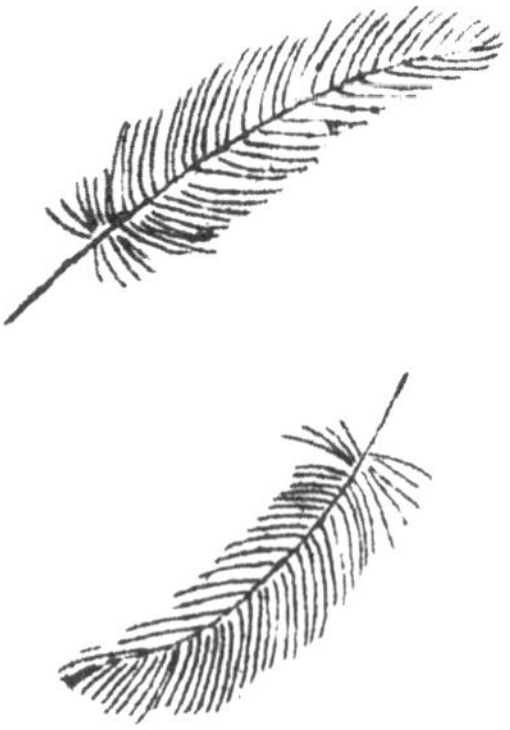

朝、恋人との別れを惜しむ気持ちにひたっていると、枕の下ではコオロギが乱れた声で鳴いている。その声を聞くと、私も泣いてしまいそうだ。

〈黒髪の〉
「別れ」「乱れ」にかかる枕詞。髪はほどけやすく乱れやすいことから

〈きりぎりす〉
コオロギのこと

その子二十《はたち》櫛《くし》にながるる黒髪の
おごりの春のうつくしきかな

与《よ》謝《さ》野《の》晶《あき》子《こ》 P229
『みだれ髪』
一九〇一（明治三十四）年

その子は二十歳の乙女。櫛を入れると流れるように豊かな黒髪がある。この髪も自分も、誇らしく思う青春の、なんと美しいことだろう。

〈おごりの春〉
誇りに満ちた青春

黒髪は、王朝時代の女性の美の象徴。物語では女性の姿をとらえるときに、歌では心を託すものとして、多彩に表現されてきました。

待賢門院堀河は、院政期（平安時代後期）の女房歌人の一人。百人一首にも入るこの歌は、後朝《きぬぎぬ》の心境を、黒髪の「長さ」と「乱れ」でたどります。

長《なが》からむ心も知らず黒髪の
乱れて今朝《けさ》はものをこそ思へ　『千載集』八〇二

――あなたの気持ちが長く続くかどうかわからず、長い黒髪は乱れて、お別れした朝はもの思いをするばかり

初句「長からむ」が相手の気持ちの定かでないことを心配する気持ちを表し、「黒髪」を縁語《えんご》として下《しも》の句（四句と結句の七・七）を引き出します。歌の意味の中心は下の句なのですが、上《かみ》の句（初句から三句の五・七・五）がなければ、歌の魅力はなくなるといってもいいでしょう。

同じ歌人によるもう一つの後朝の歌が、紹介した「黒髪の」です。「黒髪の別れ」というまとまった言葉で、後朝の別れを象徴的に表します。

『源氏物語』の黒髪

『源氏物語』「若紫《わかむらさき》」の巻で、光源氏は美しい少女を目撃します。小柴垣《こしばがき》を通した「垣間見《かいまみ》」の出会い。泣き顔の少女の髪は「扇を広げたるやうにゆらゆらとして」いる。祖母の尼君は肩のあたりで髪を切りそろえていますが、源氏にはそれが現代的と映ります。尼君は少女の髪をかき上げながら、「いい髪をしていること」と言って、彼女の境遇を嘆く――。これがのちの紫の上の登場場面です。

恋人と別れた翌朝、といってもまだ暗い時間かもしれません。季節は秋。ああ、きりぎりす（コオロギ）が鳴いている、と突き放したように、自分の心をきりぎりすの姿に置き換え、対象化している。枕の下から聞こえる虫の声は、泣く声でもあります。次にあなたが私のもとを訪れることはあるのだろうか——。

歌人自身の経験があってこその歌でしょう。「長からむ」では、恋が髪の動きとともに画面をうねっている。「黒髪の」では、きりぎりすの声へと思いが集約される。巧みで、変化に富んだ詠いぶりで、同じ時代の女性たちの立場や気持ちを代弁するような気概も感じられます。

与謝野晶子の歌「その子」はもちろん、晶子自身も含みます。その人は「二十」と堂々と年齢を宣言し、髪を櫛でとかします。このような身体的な動作、かつてなら隠れて行うようなことを女性が表明すること自体が新鮮です。平安時代の高貴な女性なら、自ら行うことではなかったでしょう。

そこには、流れるように長く豊かな髪があり、この髪も自分も誇らしく思う春、青春まっただなかにいるのです。「うつくしきかな」とは、あまりにも率直ですが、「黒髪の」からの言葉の流れが、髪の動きと同様、自然に流れ込んできます。

古典世界を踏まえながら、独自に「黒髪」を表現し、新しい世界をつくった晶子。こうしてみると、「黒髪」という一語にも、ひととおりでない意味合いやイメージが詰まっているようです。歌の中の言葉によって昔と今がつながり、三十一文字に凝縮された歌人の思いは、今の私たちが読む（そして声に出す）ことで、私たちのなかに豊かに広がっていく。そういう化学反応のような味わいも、歌の楽しみなのかもしれません。

白玉《しらたま》かなにぞと人の問ひ《い》し時
露とこたへ《え》て消えなましものを

在《あり》原《わらの》業《なり》平《ひら》 P224
『伊勢物語』六段
平安時代前期

「（あれは）真珠ですか、何ですか」と、あの人が聞いたとき、「（あれは）露です」と答えて、（露が消えるように）死んでしまっていればよかったのに。

〈消えなましものを〉消えてしまっていたらよかったのに。「まし」は、実際にはそうできなかったことを意味する反実仮想の用法。「消《け》なましものを」とするものも

神が治めていた時代に
だって聞いたことがない。
散った紅葉が龍田川を
鮮やかに紅色にくくり
染めにするとは。

〈ちはやぶる〉
「神」にかかる枕詞
〈からくれなゐ〉
唐から渡来した紅という
意味で、深紅

ちはやぶる神代《かみよ》も聞かず
龍田川《たつたがわ》からくれなゐ《い》に水くくるとは

在原業平 P224
『古今和歌集』二九四
平安時代前期

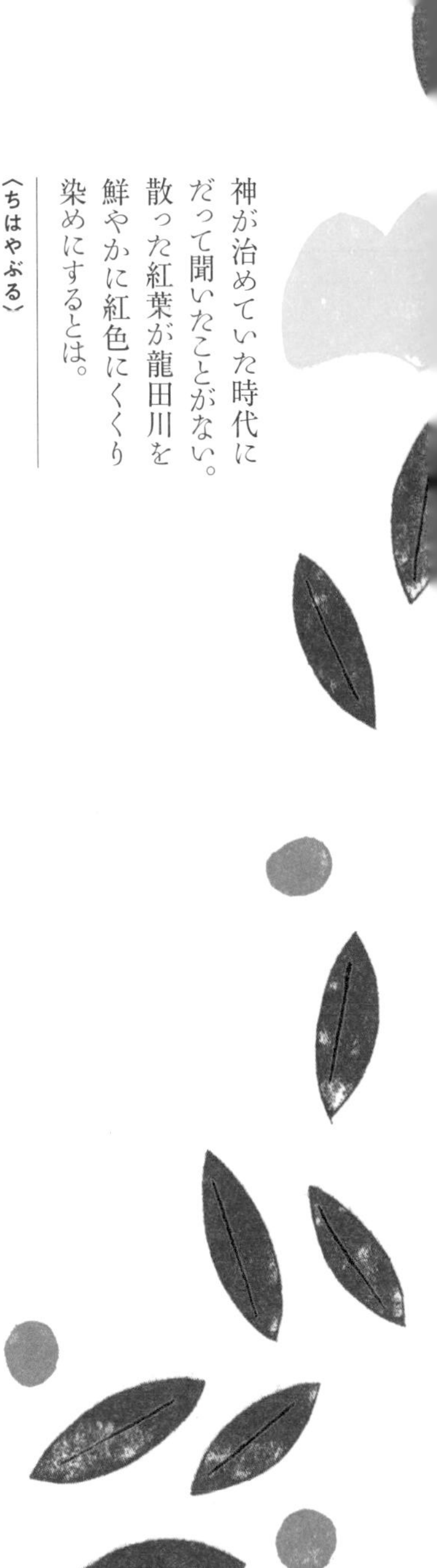

「相《そう》聞《もん》」は、『万葉集』の三大部立《ぶだて》の一つです。歌が生まれる根源には、誰かが歌で呼びかけて、誰かが歌で応えるということがあると思います。相聞の多くは互いを慕う恋人同士の歌ですが、兄弟姉妹、親子、友人など、いろいろな場面や状況のもとで歌を詠みあうのも相聞です。

今回は、在原業平の歌を二首並べています。かつて詠んだ歌があり、時が経って詠んだ歌が実は昔の自分に答えるようなものであった、相聞のいわば変奏です。

「白玉かなにぞ」と業平に問うたのは、のちの二条の后・高《たかい》子《こ》。『伊勢物語』六段「芥川《あくたがわ》（芥河）」によると、業平と思われる男は、長いこと求婚していた女をやっとのことで盗み出します。芥川という川の近くで、草の上にのった露を見て、女が「かれはなにぞ（あれは何）」と尋ねます。行き先は遠く、悪天候に見舞われたので、荒れた蔵に女を隠して男は入り口で一晩中守ります。ところが蔵の中で鬼が女を食べてしまった。夜明けになって男は気づきますが、時すでに遅し。

実は女の兄（藤原基経《もとつね》）たちによって連れ戻されたのだ、という後日談も付いています。皇子（のちの清《せい》和《わ》天皇）に嫁がせるためでした。

男に背負われた女は実に素直に尋ねます。それがただの草の上の露というのがいい。女のほうも男に対して好意があったのでしょう。駆け落ちのさなかに自分だけの、そのときだけの美しいものを見つけたのです。

男は嘆きます。逃げることに夢中でちゃんと答えなかった。露と答えて、自分も露のように消えてしまっていたらよかったのに。または冷静にふるまって、もっと遠くまで行っていたら……。

彼女からの問いは、男からの答えが届かないまま、永久に投げ出されたかのようです。

「ちはやぶる」の歌はよく知られていて、百人一首のかるたでも、この札だけは取りたいという声をどれだけ聞いたことか。

龍田川は奈良県生駒《いこま》周辺の紅葉の名所で、貴顕《きけん》の人々も紅葉見《もみじみ》に訪れたところです。けれども歌が詠まれたのは、龍田川に紅葉が流れている光景の描かれた屏風を前にしたときなのです。しかも、そこには皇太子の母となった高子がいた。二人の再会です。

華やかな紅葉の屏風をともに見ている。おびただしい紅葉が川をうねるように流れていくのを、「川を唐紅に染める」と詠んでいるのですから、業平に高子への並々ならぬ（未練めいた?）思いがあったか、とも言われるところです。

ここで時代は下って、紀貫之の歌も紹介します。

白玉と見えし涙もとしふれば
からくれなゐにうつろひにけり　『古今集』五九九

――白玉に見えた涙が、年月が経って恋のつらさを知り、「唐紅＝血の色」に変わってしまった

業平の恋の物語と直接関わるかどうか定かではありませんが、貫之のこの歌は、「白玉」と「からくれなゐ」を見事に結びつけます。それによって、業平の「ちはやぶる」にも、言葉以上の思いが込められていたと感じられるのです。

別れざるをえなかったことに、どれほど涙を流したことか。涙は業平の人生を流れ続け、こうして涙の川となり屏風の絵となっているようだ、と。

難波江《なにわえ》のあしのかりねのひとよゆゑ《え》
みをつくしてや恋《こい》ひわたるべき

皇嘉門院別当《こうかもんいんのべっとう》
『千載和歌集』八〇七 P236
平安時代後期

葦《あし》の刈り根の一節《ひとよ》（葦の節と節の間）のように、短い仮の一夜をともに過ごしたせいで、この身をかけて恋し続けなくてはならないのでしょうか。

〈難波江〉
現在の大阪湾。葦の名所だった
〈かりね〉
「刈り根」と「仮寝」の掛詞
〈ひとよ〉
「一節」と「一夜」の掛詞。「葦」の縁語
〈みをつくし〉
「身をつくし」と「澪標《みおつくし》」（水路に立てて船の往来の目印にする杭）の掛詞。「難波江」の縁語

観覧車回れよ回れ
想ひ《い》出は君には一《ひと》日《ひ》我には一《ひと》生《よ》

栗《くり》木《き》京《きょう》子《こ》 P235
『水惑星』
一九八四（昭和五十九）年

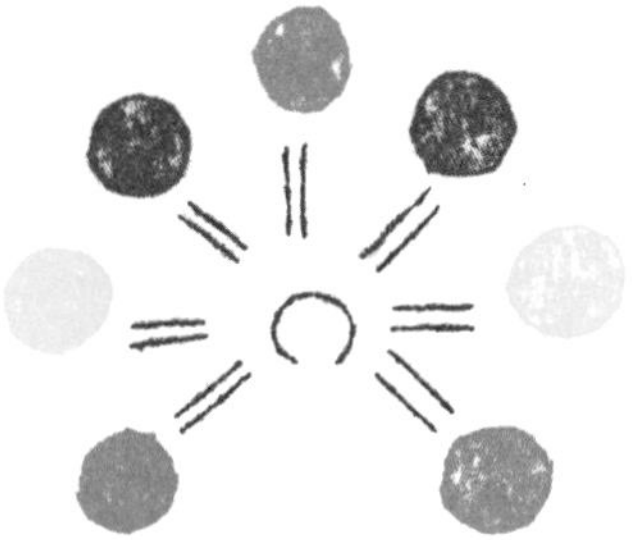

観覧車、回れよ回れ。君にとっては一日の思い出に過ぎないかもしれないけれど、私にとっては一生の思い出。

「難波江《なにわえ》の」の作者・皇嘉門院別当は、崇徳《すとく》天皇の中宮《ちゅうぐう》（皇后の別称）・皇嘉門院聖子《せいし》（藤原忠通《ただみち》の娘）に仕えていました。「別当」が女官長のような地位を指したのか、父親の官職による呼び名だったのか、詳しい経歴はわかりませんが、平安時代後期、十二世紀半ば頃に活躍した女性歌人の一人です。

難波江は、「難波潟《がた》」「難波の浦」などとも呼ばれる、大阪湾の淀川河口付近の入江。昔は今よりも海岸線がだいぶ内陸のほうにあり、葦《あし》の茂る風景が歌枕として、平安時代中期以降によく詠まれました。都から距離もあり、当時の人々は海が広がる光景に寂しさも感じていたようです。

入江に寄せては返す波のように、別れたあとも、自分はまだ恋しい気持ちの中にいる。意味の中心となる恋心は下の句で表現されていますが、難波江の光景も大切で、風物詩の葦の「かりね」も「ひとよ」も掛詞として効果を上げています。四句「みをつくし」も運河を通行する船のための標識「澪標《みおつくし》」の掛詞ですから、言葉の選択自体がこの場所に欠かせないもので、歌の意味の流れにかなったものなのです。

この歌は歌合《うたあわせ》の際に、「旅宿逢恋《りょしゅくにあうこい》」という題詠で、遊女と思われる女性の立場で詠んだもの。公的な場で詠まれ、よくできたと評価されて難波江の「定番ソング」になるわけですが、歌人自身の恋の経験が根っこにはあるのではないでしょうか。

栗木京子の歌は、中学校や高校の教科書にもよく掲載されています。「みをつくし」の代わりに「観覧車」の道具立てが現代らしくて、中高生に身近ですね。

観覧車からいろいろな風景も見えるけれど、自分にはあなたのことしか見えない。観覧車に向かって「回れよ回れ」と呼びかけて、一緒にいるこの特別な時間がずっと続いてほしい、二人の間の心の回路がとどこおらないように、と願いを込めています。その一方で、冷静に現実を見つめようとする歌人もいます。相手にとってはふつうの一日に過ぎないかもしれないと。

「難波江」の「ひとよ」は「一夜」。「観覧車」では「一生」が「ひとよ」。短い出会い、それなのに自分の一生を支配するかもしれない出会い。「一夜」や「一日」が永遠へと通じる、「ひとよ」のマジックです。どちらの歌でもこれから先、恋人たちが二人きりで過ごすことは二度とないとしても。

「あし」と「よし」

葦は「悪し」と音が同じで縁起が悪いので、「よし（良し）」とも呼びます。「葦簀《よしず》」は葦で編んだすだれのことで、夏場に窓にかけると陰をつくり、すき間からは風が入って涼しいですね。大きなもので建物を囲うと、「よしず張り」「よしず囲い」などと言います。葦は実用品を生み出すものでもあるわけです。「葦刈り」は葦を刈ることで、刈る人のことも指し、秋の季語になっています。昔は「葦売り」といって葦を売る人もいました。

我が園《その》に梅の花散る
ひさかたの天《あめ》より雪の流れ来るかも

大伴旅人《おおとものたびと》 P233

『万葉集』巻五・八二二
奈良時代

春を迎えたこの庭に梅の花が散っている。天から雪が流れてくるとでもいうのか。

〈我が園〉
宴の主催者である自分の庭

〈ひさかたの〉
「天」にかかる枕詞

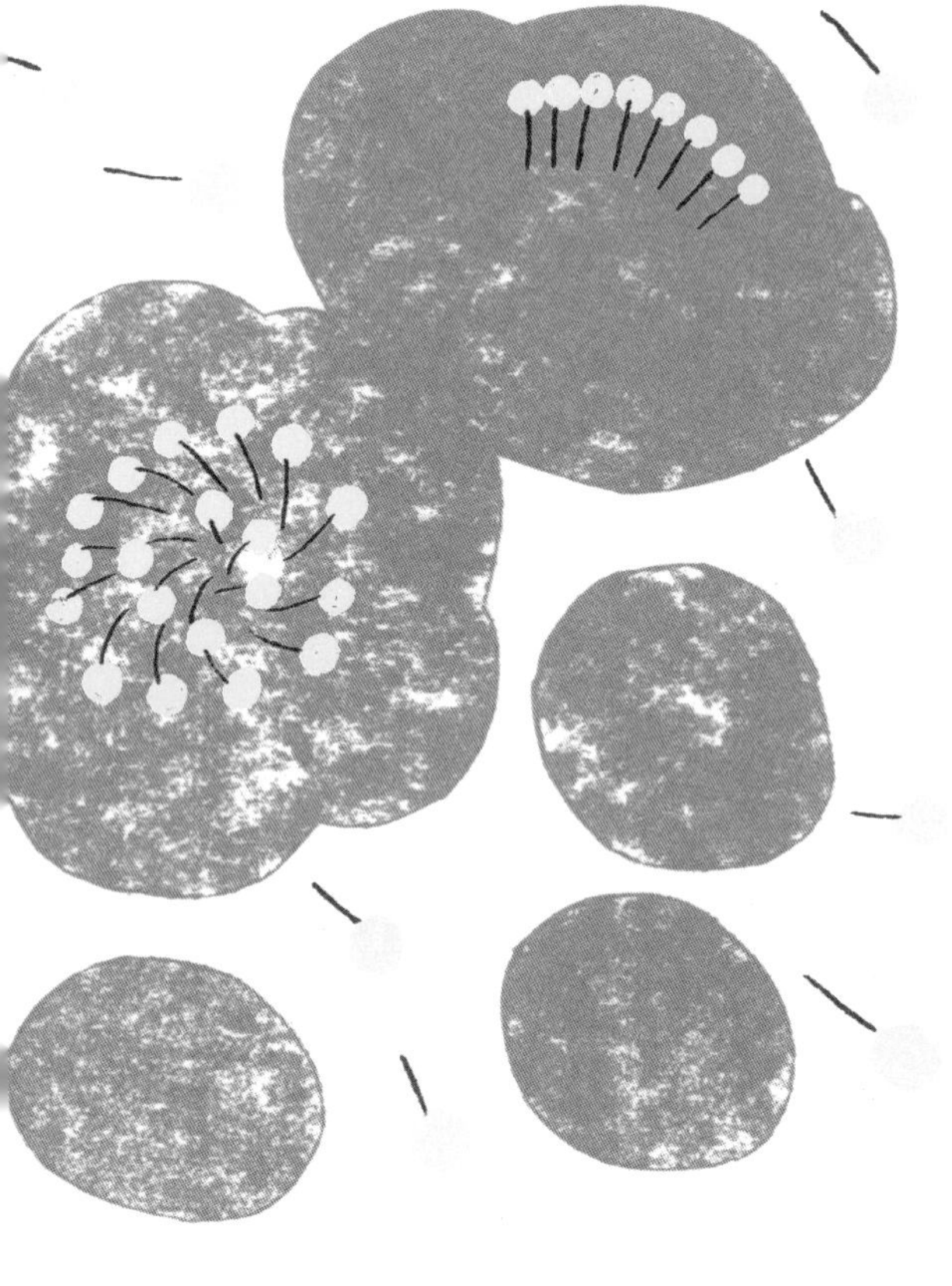

東からの風が吹いたならば香りをよこしておくれ、梅の花よ。あるじがいないからといって春を忘れるなよ。

〈東風〉
大宰府は都から西方にあるため、都から吹く春の風のこと

東風《こち》吹かばにほひ《おい》おこせよ梅の花
あるじなしとて春を忘るな

菅《すが》原《わら》道《のみち》真《ざね》 P238
『拾遺和歌集』一〇〇六
平安時代中期

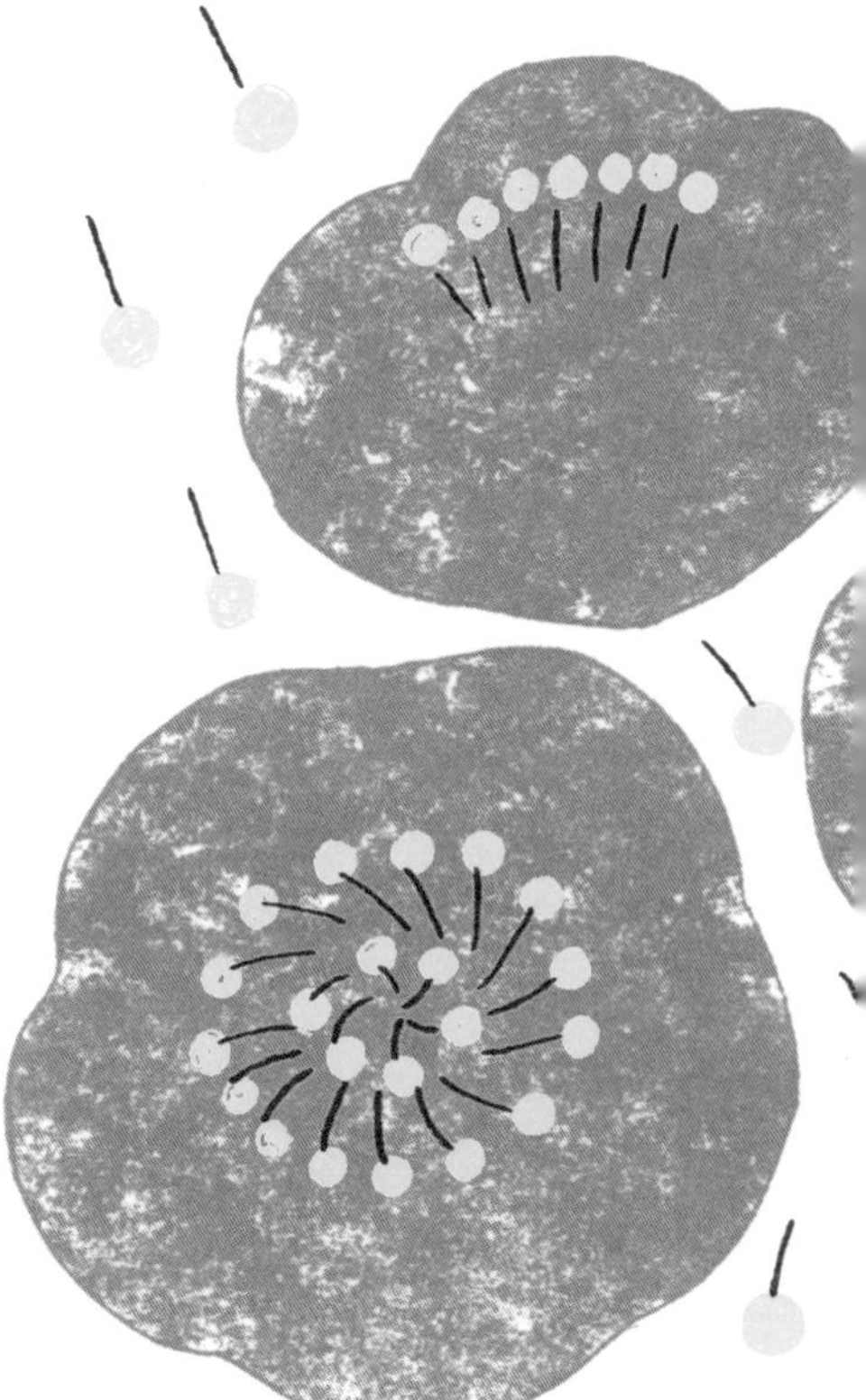

元号「令和」の由来として話題になった、「梅花の宴《ばいかのうたげ》」で、大伴旅人が詠った歌です。

梅花の宴は、七三〇年正月十三日、当時大宰帥《だざいのそち》（大宰府の長官）であった大伴旅人の「宅《いえ》」で行われた宴会です。人々は春の到来を寿《ことほ》ぎ、庭の梅を題にして歌を詠みました。その様子は「梅花の歌三十二首あわせて序」として『万葉集』巻五に収められており、序のはじめに「時に、初春の令月《れいげつ》にして、気淑《きよ》く風和《やわら》ぐ（新春のめでたい月、天候にも恵まれ、風は穎にやさしい）」とあることから、「令和」の典拠とされています。

新暦では二月八日頃だそうで、梅は咲き始めていたと思われます。まだ散っていないのではないか、満開にもなっていないのではないか、実際に三十二人が集ったのか、詠まれた順はこの通りなのか、などなど議論のあるところですが、それもまたよし。梅をめぐってさまざまに歌が展開されたことも、後世こうして問われることも、企画者・旅人の歌人冥利に尽きるのではないでしょうか。全員がそろっておらず、手紙で渡す人や代理で詠んでおいてと頼んだ人がいても構わない。

その中でもスケールの大きさを味わいたいのが、八首目にある旅人の歌。「ひさかたの天より雪の」という言葉に、万葉人のいかにも悠然とした姿勢が感じられます。また、梅や桜が散るのを雪にたとえ、逆に雪を花にたとえる和歌がのちに多くあらわれますが、その端緒に旅人の存在があることも忘れてはならないでしょう。

さて、梅花の宴からおよそ二百年ののち。菅原道真が政敵（藤原時平《ときひら》ら）によって大宰府に左遷され、怨霊となってやがて天神様として祀《まつ》られることはたいへん有名ですが、梅との結びつきもよく知られていますね。都を発つときに、家の梅の木に「東風吹かば」と詠みかけたら、のちに道真を慕って梅が大宰府まで飛んでいった、という伝説（飛び梅）も。

道真は当時の学問の世界ではナンバーワンですし、政治的にも人格的にも抜群にすぐれていた。漢詩文だけでなく、和歌の研究も実作も、当代を代表するものだった。ただ、九世紀の終盤で宇多《うだ》天皇から子の醍醐《だいご》天皇に代替わりしたときに、世代的に合わないものがあったといいます。また、遣唐使廃止を断行したことが結果として、漢詩文の人であった道真を中央から遠ざけることになったのだろうとも思います。

大宰府で暮らして二年ほどで亡くなり、『古今集』をはじめとする国風文化が花開いていくことを見届けることはありませんでした。

梅が好きだったという以上の何か、よすがとしての梅だったのかもしれません。「東風」の語もまた調べよく、春の訪れを待つ気持ちが込められています。人生の春は去った、しかし大志を忘れるな、と梅に呼びかけているような気がしてなりません。

福岡県の太宰府天満宮が梅で有名なのは道真との関係からですが、旅人らによる「梅花の歌三十二首」も、根底にはあるのでしょう。

奈良時代と平安時代、さらには令和の時代が、「梅」（そして「大宰府」）でつながりました。

「梅花の宴」を彩る人々

正月《むつき》立ち春の来《きた》らばかくしこそ
梅を招《を》きつつ楽しき終《を》へめ [一]
紀朝臣男人《きのあそみおひと》
『万葉集』巻五・八一五

春さればまづ咲くやどの梅の花
ひとり見つつや春日《はるひ》暮らさむ [二]
山上憶良《やまのうえのおくら》 P243
『万葉集』巻五・八一八

霞立つ長き春日《はるひ》をかざせれど
いやなつかしき梅の花かも [三]
小野朝臣田守《おののあそみたもり》
『万葉集』巻五・八四六

『万葉集』に選ばれた梅の歌のうち、その三分の一近くが巻五「梅花の歌三十二首」にあります。ここでは、そのうちの三首を紹介します。

宴の始まりは、大宰府の役人による挨拶から。[一] 正月になり春が来たなら、このように梅を迎えて楽しもう、と。続いて山上憶良から、妻を亡くして間もない旅人へ向けた心づかいの一首も。[二]

さらに梅の花を手折《たお》って愛でながら飲むという酒席ならではの歌、鶯《うぐいす》が鳴く、柳とくらべる、花を髪に飾る、桜も咲く、都を思う、といった内容で実ににぎやか。盃に梅が散る光景も詠まれ、梅を楽しむ趣向が満載です。霞が立ち、宴の終わりを惜しむ気持ちを詠んで〆となります。[三]

当時は大伴旅人を中心に、九州の大宰府に赴任、または客人として訪れた役人、そして地元の人たちも交えて、「筑紫歌壇《つくしかだん》」と呼ばれる文化的な交流がさかんに行われていました。遣唐使に加わり唐から戻った山上憶良や、歌人・小野老《おののおゆ》も参加し、知識人が集うサロンを築いていたのです。

春夏秋冬のうた

古来、新年の始まりは春の始まる「立春」でした。この章でも、季節は立春から始まり、春夏秋冬と移り変わります。季節を感じる喜びは、いつの世も変わらないものです。

新年を賀す

何となく、
今年はよい事あるごとし。
元日の朝、晴れて風無し。

石《いし》川《かわ》啄《たく》木《ぼく》
『悲しき玩具』P231
一九一二(明治四十五)年

なんとなく、今年はよいことがありそうだ。元日の朝、晴れて風がない。

〈ごとし〉
〜のようだ

新《あらた》しき年の始《はじ》めの初《はつ》春《はる》の今日降る雪のいやしけ吉《よ》事《ごと》

大《おお》伴《とも》家《のやか》持《もち》
P234
『万葉集』巻二十・四五一六
奈良時代

新しい年の始め（正月一日）と立春が重なった今日、降り積もる雪のように、ますますめでたいことが重なるといい。

〈新し〉
新しい。「あらた」の形容詞形。平安時代に「ら」と「た」が入れ替わり、「あたらし」になった

〈いやしけ〉
ますます重なれ。「いや」と「しく」が複合した動詞「いやしく（弥頻く）」の命令形

〈吉事〉
めでたいこと

一首目は石川啄木の歌集『悲しき玩具』より。初句に「何となく」とあり、ここからもう引き込まれますね。つくづく呼び込みの上手な歌人だなと思います。

はっきりとした根拠や判断があって言うわけではないが、「今年はよい事あるごとし」と宣言してしまう。その理由は「元日の朝晴れて風無し」、その程度のこと。

その程度？　いえいえ私たちは、今日こそは、明日になればと思っているときに、理論的な裏づけや手がかりなどを必要としてはいません。そんな気がする、きっとそうなるだろう、どうしてもそうしたい、それでいいではありませんか。晴れていて風がない、そんな元旦。これで十分なのです。

さて時代は大きく戻りますが、『万葉集』の最後をかざった、大伴家持の歌です。

七五九年、正月一日のこの日には、立春が重なりました。そこに雪が降っている。

雪は万葉人を喜ばせました。二句から四句までの「〜の」の連なりから一気呵成《いっきかせい》に進み、結句に気持ちが集約されます。めでたいことが重なってほしいと、家持が自分を奮い立たせているようでもあります。

家持は大伴氏の長者《ちょうじゃ》であった人で、後半生が政争の中にあったことと、彼が『万葉集』の編者であったこととの間に、何か関係があったかどうかは謎のようです。

いずれにしても、苦境の中にあって、何かを引き受けざるをえなかった人の声は、歳月を超えて、やはり生老病死をめぐらねばならない後世の人々に確かに伝わります。

在原元方《ありわらのもとかた》（業平の孫）による、『古今集』巻一の巻頭歌も付け加えておきましょう。『万葉集』↓『古今集』という歌の流れからいうと、家持の歌に続く位置付けになります。

年のうちに春は来にけり
ひととせを去年《こぞ》とやいはむ今年《ことし》とやいはむ
『古今集』一

——年内に春が来たことよ。この旧年のうちの春を去年と言おうか、今年と言おうか

詞書《ことばがき》には、「ふるとしに春たちける日よめる（新年になる前に立春を迎えた日に詠んだ）」とあります。旧暦では、元日とほぼ同時に立春がやって来るのですが、暦の関係で師走《しわす》（十二月）のうちに立春になってしまうことがありました。新年の初めが「春立つ日」と重ならないので、「迎春」とはっきり言えないのですね。旧年のうちの春、その一年を去年とするか今年とするか、と理屈っぽい。

季節の訪れを知るのにウグイスやホトトギスの初《はつ》音《ね》（初声《はつこえ》）を聞くといいますが、季節の先取りを喜ぶ感覚が、「春立つ」ことにも通じるのではないでしょうか。寒さが残るうちから春物を着て、春を呼ぶような。寒さに耐えてやせ我慢をしてでも、おしゃれをするということです。でもそれはさりげないほうがいい。この歌でも、さらりと詠んだ下の句の「〜とやいはむ」の繰り返しによって、春を待つ気持ちが呼び覚まされます。漂うユーモア、ゆる〜い感じも忘れがたいもの。

いは《わ》ばしる垂《たる》水《み》の上のさわらびの
萌え出《い》づる春になりにけるかも

志《し》貴《きの》皇《み》子《こ》 P237
『万葉集』巻八・一四一八
奈良時代

勢いよく流れる水が岩にぶつかって滝のようになっているあたりに、わらびが芽吹いていて、春になったのだなあ。

〈いはばしる〉
水の流れが岩に当たってしぶきを上げる。「石走る」
〈垂水〉滝
〈さわらび〉
芽を出したばかりの蕨《わらび》。漢字表記は「早蕨」

川の瀬に洗ふ《う》蕪《かぶら》の流れ葉を
追ひ《い》争ひ《い》てゆくあひるかな

野《の》村《むら》望《も》東《と》尼《に》
P240
『向陵集』
江戸時代末期

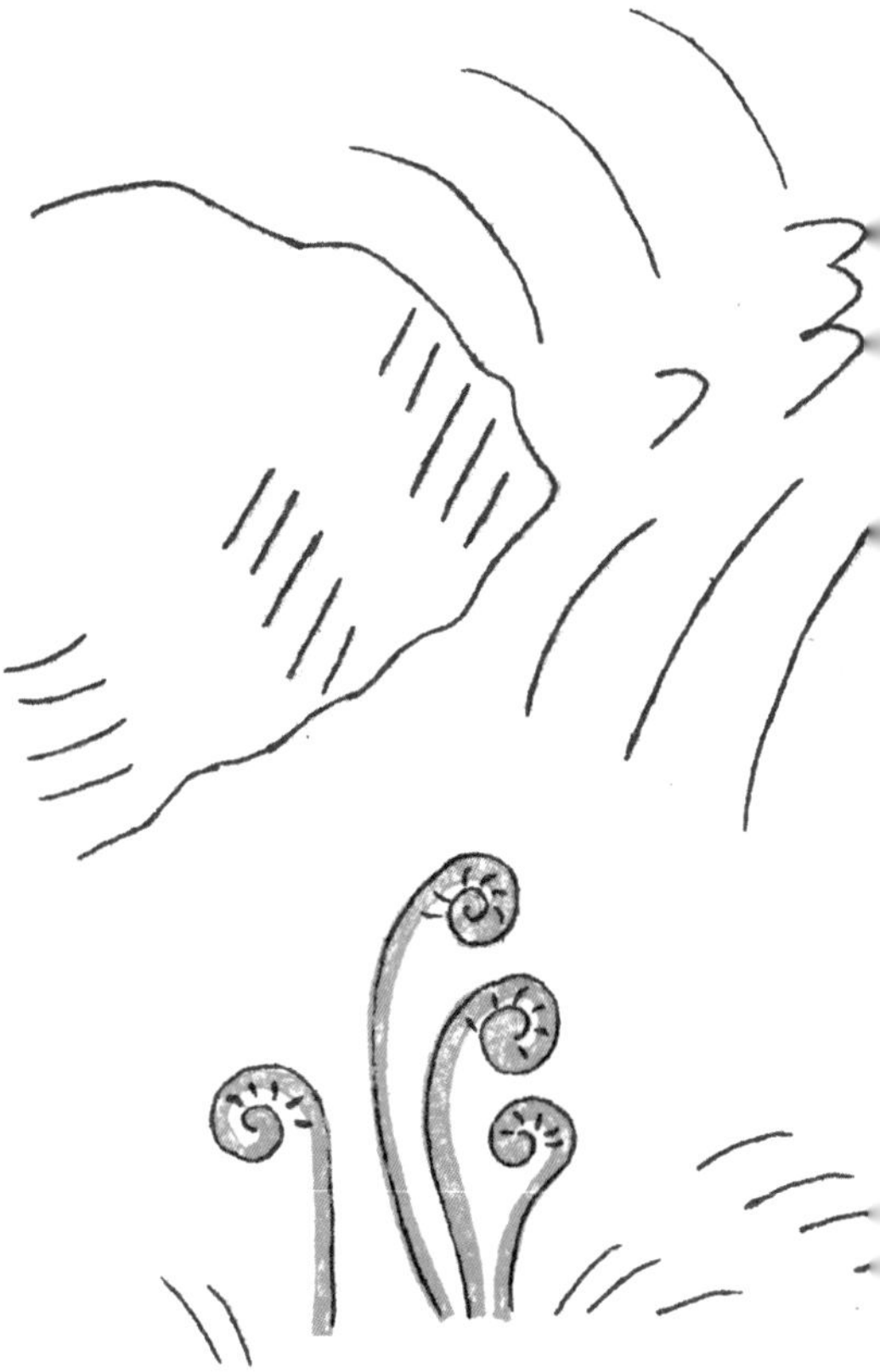

冷たい川に洗われるように、蕪《かぶ》の葉が流れていく。それをあひるたちが争うように追っていくことだなあ。

「いはばしる」はよく知られた春の歌です。『万葉集』を代表するといっていい歌ですし、国語の教科書などでも春の歌の筆頭に挙げられています。

「いはばしる」が「垂水《たるみ》」の枕詞という見方もありますが、そうであってもなくても、水がしぶきを上げながら集まってくる爽やかな空気感には変わりがありません。暖かくなってきた頃に、くるりとまあるく巻いたわらびがにっこりと笑うように芽を出している。いくつかの、丈のちがう、あまり大きくはないわらびを私は想像しています。

水滴を帯びたわらびがそこにあるのを、歌人は見つけたのでしょう。気持ちのままに調べができて、「垂水の上の／さわらびの」と、「の」で三句まで連ねられ、水の流れがそのままわらびになるかのよう。わらびは水の渦の子どもかもしれませんね。「萌え出づる」も、わらびと春をつなぎ、また自然な流れを生んでいます。

水しぶきから滝、わらび、そして春と、大きな循環が感じられ、歌人も春の到来と一体になっています。そして、万葉人と現代人の隔ても取り払われるようです。

わらびの若芽は、万葉の時代から食用とされていました。天智天皇の皇子である志貴皇子も、野を歩くことがあったのでしょうか。今よりはるかに自然が身近だったはずですから、住まいの近くだとしてもいいかもしれません。

「川の瀬に」は、江戸時代後期、福岡藩士の娘に生まれ、のちに幕末の志士たちの運動に共鳴した野村望東尼の歌です。

日常のどこかで目にした光景でしょう。季節は冬のはじめ、冷たい川の水で洗う蕪が、ふと手からこぼれて流れていく。白くて丸い蕪に緑の葉が鮮やかです。それをあひるたちが争うように追っていきます。川の流れはけっこうはやい、あひるはすいすいと滑るように泳ぐけれど、水の下の足の動きは慌ただしく必死な様子で、何だかユーモラス。

「洗ふ蕪」「流れ葉」「追ひ争ひて」と、動詞を巧みに連ねることで情景が生き生きと表され、歌を味わっているうちに、あひるとともに川の流れを伝っていくような気持ちになります。あひるたちは蕪にはありつけないかもしれませんし、どこまで行くのかも定かではありませんが、こういう「出会い」によって私たちは気分を変えて、明日へと向かっていけるのではないでしょうか。

望東尼は二十四歳で福岡藩士の野村貞貫《さだつら》と結婚、ともに和歌を学びましたが、夫に先立たれて五十四歳で仏門に入ります。そして、志士たちとの関わりができ、やがて福岡藩より姫島《ひめしま》（玄海灘《げんかいなだ》）に流されることに。幸いにも、夫の存命中から交流のあった長州藩の高杉晋作らに救出され、かくまわれます。しかし、晋作は病に倒れて死去、志士たちを支援しながら望東尼も江戸の最後の年（一八六七年）に亡くなりました。明治維新後も永らえていたら、どのような歌を詠んだでしょう。

家族のためだけではなく国のありかたを考え、志士のために働くことは、当時の女性としては果敢な生き方だといっていいでしょう。歌を詠むことで心を休ませていたのかもしれません。

志貴皇子は天智の後継者の一人でしたが、天武天皇の時代には、政治とは距離をおく立場になっていました。歌を詠むことは、やはり自分へのねぎらいであったのでしょうか。

あしひきの山《やま》桜《さくら》花《ばな》日《ひ》並《なら》べて
かく咲きたらばはだ恋《こ》ひ《い》めやも

山《やま》部《べの》赤《あか》人《ひと》 P243
『万葉集』巻八・一四二五
奈良時代

世の中にたえて桜のなかりせば
春の心はのどけからまし

在《あり》原《わらの》業《なり》平《ひら》 P224
『古今和歌集』巻一・五三
平安時代前期

山の桜の花が、いく日も変わることなく咲きつづけるならば、こんなに恋い慕うことはないだろうに。

〈あしひきの〉「山」にかかる枕詞
〈～めやも〉～だろうか、いや、そうではないなあ

世の中に、桜というものがもしまったくなかったとしたら、春の季節における私の心は、どんなにかのどかでいられように。

桜ばないのち一《いっ》ぱいに咲くからに
生命《いのち》をかけてわが眺めたり

岡本《おかもと》かの子《こ》 P234
『浴身』
一九二五（大正十四）年

〈〜せば…まし〉
もし〜としたら…だろうに

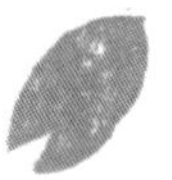

桜の花は命のかぎり咲いている、だから私も命がけで見るのだ。

〈からに〉
それゆえに、そういうことであるからには

現代では桜の代名詞となっている「ソメイヨシノ」ですが、万葉の時代はもちろんのこと、平安時代にも鎌倉時代にも存在しませんでした。園芸品種として世に出たのは、江戸時代。それまで「桜」として歌に詠まれてきたのは、おもにヤマザクラ（山桜）でした。当時は野生種が中心で、さまざまな桜が山や里を彩っていました。

『万葉集』を代表する歌人・山部赤人は、叙景歌《じょけいか》（景色を詠んだ歌）の名人。その赤人も、桜が咲くことを思うと心穏やかではいられません。桜は咲くとすぐ散ってしまう、何日も咲くのならばこんなに恋しくは思わないだろうと、結句「恋ひめやも」の「恋ひ」という語に託して、花を慕い、散ることを惜しむ気持ちを吐露しています。

二首目の在原業平の歌は、桜の代表歌と言っていいでしょう。世の中に桜というものがなかったら、どんなにか落ち着いた気持ちで春を過ごせるだろうというのです。「なかりせば（なかったならば）」～「のどけからまし（のどかであろうに）」の言い回しでは、実際とは反対

花の中の花

「桜」という言葉の中には、「サク」という音がすでにあり、「咲く」ことから来た言葉とも。古くから、花の中の花だったのです。今でも、早春のヒガンザクラから晩春のヤエザクラまで、さまざまな桜が私たちを楽しませてくれます。ちなみに、現代人が「桜」と聞いてイメージするのは、大体ソメイヨシノでしょうか。ソメイヨシノは、葉が出る前に花の咲くエドヒガン系と、大ぶりで香りのあるオオシマザクラとの交配種。江戸時代末期、園芸の盛んだった染井《そめい》（東京都豊島区）で売り出された品種が起源とされます。成長が早いことから、明治以降、全国に植樹されました。

のことを述べて思いを伝えようとする「反実仮想」の技巧が用いられています。桜があるからこそ、春を過ごす私たちは落ち着いてなんかいられないわけです。

　業平が主人公とされる『伊勢物語』はもちろん、紀貫之の『土佐日記』でも、貫之が業平を敬愛してやまない思いがあらわれた一節に、この歌は登場します（「渚《なぎさ》の院」の段）。ちょっとした当時のポピュラーソングなのです。「桜のなかりせば」と、桜の存在そのものを問いかけているのが、この歌自体が存在感をもつ要因でもあるでしょう。

　三首目は岡本かの子の歌。「桜ばな」の「いのち」に応えるかのように、「生命をかけて」自ら向き合おうとする歌人がいます。ただひたすらに咲いている桜に対しては、歌人も、人間だとか女だとか、社会でどんな役割を担っているかとか、そんなこと言っていられないのですね。咲く桜には、〝自分を華やかに見せよう〟などというまやかしは通じない。生命を抱く身として、全身全霊で眺めるしかないのです。

　百人一首でもよく知られる小野小町の歌「花の色は…」の結句「ながめせしまに」の「ながむ」は掛詞で、物思いに沈んでぼんやりと眺めるという「眺む」と、詩歌を口ずさむという「詠《なが》む」の両方の意味があります（P126）。小町から届いたように、かの子の「眺める」にも、その両方の気持ちが受け継がれているように思えます。現代の言葉の「眺める」には、見るものを対象化してしまう気分がありますが、かの子は「わが眺めたり」と、自然界の同朋として、桜そのものに迫ろうとしているのではないでしょうか。

見わたせば柳《やなぎ》桜《さくら》をこきまぜて
宮《みや》こぞ春の錦なりける

素性《そせい》 P239
『古今和歌集』五六
平安時代前期

はるか遠くを見渡すと、柳の緑と桜の色が混ざり合って、都は「春の錦」なのだなあ。

〈こきまぜて〉
混ぜ合わせて

〈春の錦〉
「秋の錦」といえば山のもみじ。作者は柳と桜の混じり合った都の風景こそ、「春の錦」と称賛している

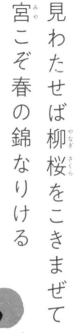

神《かん》なびのみむろの山の秋ゆけば
錦たちきる心地こそすれ

壬生《みぶの》忠《ただ》岑《みね》 P242
『古今和歌集』二九六
平安時代前期

神がいらっしゃる山の秋の道をゆくと、もみじが降りかかり、華やかな錦を着ているような気持ちになる。

〈神なびの〉
神がいらっしゃる。「みむろの山」を導く枕詞のような働きをする

〈たちきる〉
布を裁断して衣に仕立てること。「きる」は、「切る」と「着る」の掛詞

「花といえば桜」という考え方が定着した平安時代中期には、「花」の歌は特別な位置を占めます。本来、花を見てから詠みたい気持ちが湧くもので、最初から〝詠むべき〟とされるのは、今の感覚にはそぐわないかもしれません。

しかし、咲いたと聞けば大勢が集まる、お花見大好きな昨今の様子からしても、みんなで寿《ことほ》ぐ気持ちが「花」の言葉には込められているようです。何度も詠まれてきた桜であっても、出会うたびにそれぞれがまた感興を新たにする、そんな気もするのです。

『古今集』「春歌」に収められた一連の桜の歌には、「桜」「桜花」の語が多く用いられています。「これぞ私の桜です」「ひねってみました」「どうだ！」という気分があらわれて（もみじにも共通することなのですが）、いわば趣向合戦が繰り広げられているのです。

桜が満開に近づいて花びらが風に舞う頃、薄緑の葉をしなやかに泳がせている柳を目にすることがあります。そのたびに素性の「見わたせば」を思い出します。桜の色と柳の緑の鮮やかな取り合わせ、「春の錦」が都を彩っている。詞書《ことばがき》には「花ざかりに京《みやこ》を見やりてよめる」とあります。

同じく素性が、山の桜を見て詠んだ歌。

見てのみや人にかたらむ桜花《さくらばな》
手ごとに折りて家《いえ》づとにせむ

『古今集』五五

――見るだけで人と語れるものだろうか、桜を折り取って土産にしよう

山に入って花を見ていて、花を前にしてだけわかる気分を、都にいる友とも分かち合いたいのですね。花を折るなんて違反、と思うのは無粋というもの

でしょう。

「錦」とは、金銀やさまざまな色で織られた絹織物のことです。転じて、「秋の花」である「もみじ」を指します。色の見本帖のような山のもみじを表すのに、まさにふさわしい。

「神なびの」の歌の「みむろ(三室)の山」は、大和《やまとの》国《くに》(奈良県)の斑鳩《いかるが》にあり、平安朝の人からすると古くからの歌枕です。初句「神なびの」は「神がいらっしゃる」という意味。そんな山道を歩いて行くと、もみじが降りかかってきて、華やかな錦を山から裁って着物にしているような気持ちになる、と詠んでいます。この地はもみじの名所ですから、「もみじ」の語がなくとも「錦」だけでそうとわかるのです。

四句の「たちきる」は、布を裁断して衣に仕立てること。「きる」は、「切る」と「着る」を掛けています。山全体が錦のようでもあり、「神なびのみむろの山」の錦を分けてもらって、それを身につけるというのですから、歌人は荘厳で澄み切った境地にいます。

山のもみじを着物にするなんて大げさだ、実際にはそんなはずはない、ということが『古今集』の歌の技巧にはよくあります。でもここまでスケールが大きいと、リアルかどうかはむしろ気にならないのではないでしょうか。

「もみじ」の色の移り変わり

「花」が梅から桜へと変化したように、紅葉を表す「もみじ」の美意識も、黄色から赤色へと変わりました。万葉時代の「もみじ」は萩の黄色(黄葉)が中心ですが、平安時代後半には、赤い紅葉が愛でられるようになります。寺社や庭木に赤いもみじが多いのはそのため。

年をへて花の鏡となる水は
ちりかかるをや曇《くも》るといふ《う》らむ《ん》

伊勢《いせ》 P232
『古今和歌集』四四
平安時代前期

年月をかけて花が映る「花の鏡」となった池の水は、花びらが散りかかって池水を揺らすのを、鏡に塵《ちり》がかかるように曇るというのだろうか。

〈ちりかかる〉
「（花が）散りかかる」と「塵かかる」の掛詞。塵は鏡を曇らせることから

桜花《さくらばな》ちりぬる風のなごりには
水なき空に波《なみ》ぞ立ちける

紀《きの》貫之《つらゆき》 P226
『古今和歌集』八九
平安時代前期

桜の花を散らした風はやんだが、その名残として花びらはまだ空に漂っている。それは水のないはずの空に、波が立っているように見えるよ。

〈なごり〉
影響が残っていることを指す「名残」。「余波」とも書き、風が吹きやんだあとでも、まだその影響が残る波のことを指した。「波《なみ》残《のこり》」ともいう

〈水なき空〉
「水」は海の水のこと。空を海にたとえている

この二首は『古今集』を代表する歌人対決とでもいいましょうか。

花＝桜という価値観は、花＝梅よりも時代的には後から定着して、その後は桜が「花」の地位を保ってきたわけです。百人一首にもある紀貫之の歌「人はいさ…（『古今集』四二、P226）」の花は梅で、貫之の従兄弟・紀友則《きのとものり》の「ひさかたの光のどけき春の日にしづ心なく花の散るらむ（『古今集』八四）」の花は桜、と整理するとわかりやすい。咲く順番ということでしょう、『古今集』では、梅の歌のあとに桜を詠んだ歌が続く構成です。

同じく『古今集』で「人はいさ」のすぐあとに二首続く伊勢の「花」は、まずは梅と考えられますが、桜としても構わないのではないでしょうか。

時の権力者・藤原時平《ときひら》が、宇多院《うだいん》の御息所《みやすどころ》（皇子または皇女を産んだ女御《にょうご》）である娘・褒子《ほうし》のために豪勢な家を建てます。その庭で行われた花の宴に、伊勢が呼ばれて詠んだ歌。

伊勢は宇多天皇の中宮・温子《おんし》に仕えながら、宇多自身やその皇子に寵愛されたり、また時平の弟・仲平《なかひら》との恋があったりという、波瀾を生きた女性。花と同様に池水に自らを映し、省《かえり》みて「くもる」と詠ったのかもしれない、と思うのは勘繰りすぎでしょうか。四句の「ちりかかる」の「ちり」は「塵」の掛詞でもあります。その鏡は、水の鏡ですから池とはいえ、面《おもて》が定まることがない。心の揺れを表すかのようです。

一方、紀貫之の桜への思いは、『古今集』「春歌」において、歌人たちによる多彩な花の歌の競演の中で、彼の名前もちょこちょこと顔を出すことからもわかります。貫之は業平の〝追っかけ〟ですから、業平の「世の中にたえて桜のなかりせば…（P60）」を、

桜の歌がこれから始まるという、いいポジションに置いているのも面白い。

貫之の「桜花」は、風にのって舞い、空のどこかに散っていきます。名残を惜しむ気持ちを、風が代わってくれるのでしょう。空というキャンバスを海にして、風が波を立てるかのように花びらが風の吹く軌跡をたどる。「名残」とは「余波」とも書き、「波残《なみのこり》」に由来する語。「水なき空」に花びらは長くとどまってはいません。空に映し出される、思い出のような桜。

「空」は歌人の心なのかもしれません。『古今集』編纂のち土《と》佐守《さのかみ》となった貫之は、都へ戻る旅を『土佐日記』に記すことになります。船の旅では、海と空を存分に眺めたことでしょう。

散る花をめぐって、水鏡を通して内面を見つめる伊勢と、空を見上げる貫之がいます。

梅？桜？

桜は『万葉集』以来、春の歌の題材として多く詠まれてきました。春夏秋冬を部立として明確にした『古今集』では、「春歌」の巻で、花の咲き始めから終わりまでを順を追うように構成されています。意外と多いのが、「花＝桜」となる前の時代に、「花」ではなく「桜」の語を用いて詠まれた歌。「梅」の歌もありますが、桜にくらべたら少ない。万葉の時代に詠まれた梅は、しゃれたエキゾチックなもので、やはり桜が日本語の「花」を代表するものなのです。

うらうらに照れる春日《はるひ》に雲雀《ひばり》あがり
情《こころ》悲《がな》しも独《ひと》りし思《え》へば

大《おお》伴《ともの》家《やか》持《もち》 P234
『万葉集』巻十九・四二九二
奈良時代

うらうらと照りそそぐ春の日ざし。ひばりが空に高くあがっていく。悲しい気持ちになるなあ、ひとり物思いをしていると。

〈うららに〉
心のどかにのんびりとしている様子
〈独りし〉
ひとり。「し」は強意、特に訳さなくてよい
〈思へば〉
物思いをしていると

春の鳥よ、鳴くなよ鳴くな。あかあかと外の野の草に、沈んでいく日の光が当たっているこの夕方であるよ。

〈な鳴きそ〉
鳴くな。「な…そ」で禁止の意味

〈あかあかと〉
あたり一面が明るく、日没の赤い太陽が緑の野を赤く照らす様子

春の鳥な鳴きそ鳴きそ
あかあかと外《と》の面《も》の草に日の入《い》る夕《ゆうべ》

北《きた》原《はら》白《はく》秋《しゅう》 P235
『桐の花』一九一三（大正二）年

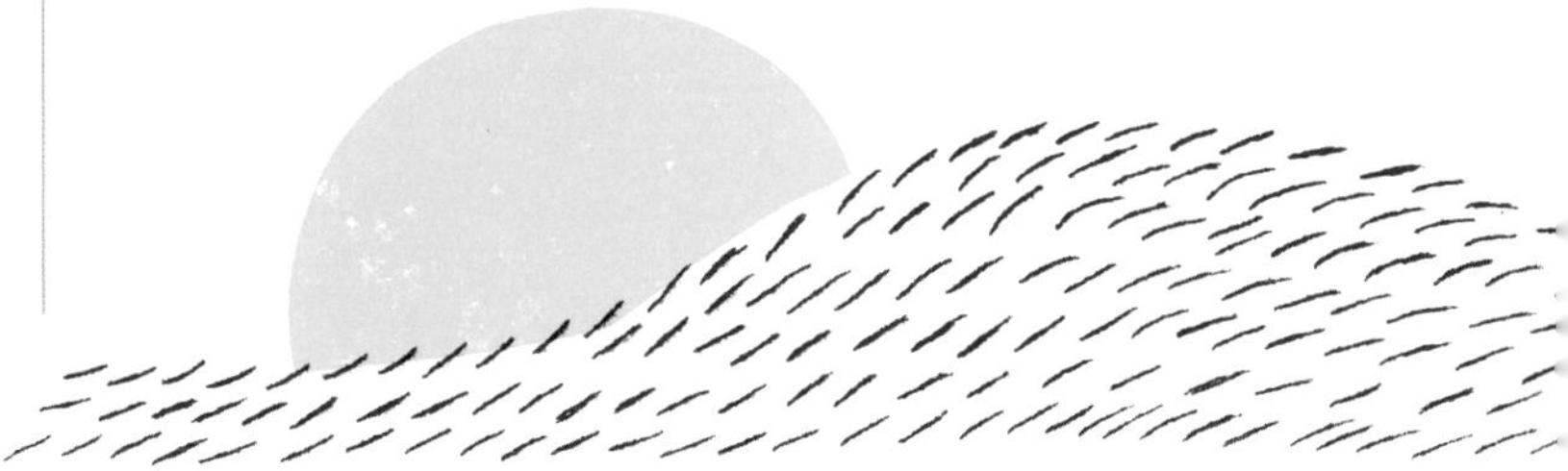

歌の新しさというものは、類型におさまっていたのでは生まれないものです。

大伴家持は『万葉集』の編者で、歌集に収められた自身の歌も、四百首以上と最多。歌集を年代別に分けた第四期に区分され、その最終段階に位置しています。彼の歌を味わうと、次なる時代の境地ではないかと感じられるときがあります。

春の日が照りそそぐ様子を「うらうらに」という言葉で切り出す、文句なしののどかさ。そこにいかにもそれらしく雲雀が空に高くあがっていく。「あがり」は、動詞「あがる」の連用形で、言葉を順序よくつなげていくはずなのですが、下の句で「情《こころ》悲しも」(悲しい気持ちになるなあ)とくる。

結句が「独《ひと》りし思へば」ですから、四句との倒置の関係を戻してみると、ひとり物思いをすると悲しくなってくる、となります。理屈としては通りがいい。しかし、この歌では「独り」よりも「悲し」が先になくてはならない。こんなふうに春が来ているのに、いえ、春が春らしいほど、「悲し」が身に迫り、また際立つのですね。「雲雀あがり」の語が効いてきます。

春の孤独、わけもなく悲しい気持ち。「春愁《しゅんしゅう》」という言葉の代名詞のような歌が、早くも八世紀に詠まれたことを覚えていたいと思います。それは、家持の「情」が周囲から切り離され(政治的な不本意もあって)、何ものともつながれないという、隔絶されたような感覚ではなかったでしょうか。

「春愁」をテーマにした家持の歌をもう一首、紹介しましょう。

春の野に霞《かすみ》たなびきうら悲《がな》し
この夕《ゆう》影《かげ》に鶯《うぐいす》鳴くも

『万葉集』巻十九・四二九〇

――春の野に霞が流れてゆき、なんとも悲しいことだ。この夕方の光の中で鶯が鳴くのが

『万葉集』の歌人の例外的ともいえる早すぎた境地に、近代の歌人が応えます。北原白秋の「春の鳥」は歌集『桐の花』の冒頭の作品。

鳥の声が聞こえると、鳴くなと呼びかける。「な鳴きそ」の「な…そ」は古典の言葉で禁止を意味します。重ねて鳴くなと畳みかけ、歌としてはそこで大きく切れます（二句切れ）。

鳴いている春の鳥は、歌人なのかもしれません。泣くな、と自身に向かって言う。泣く理由はわかりません。青春ただなかの歌人は、泣けて仕方がないらしい。泣くなと言っても止められるものではない。春という季節に若い命が感応しているのです。三句「あかあかと」で、あたり一面が明るく照らし出され、なんとも華やかな春の夕暮なのですが、それは宵に向かう前のほんの一瞬。寂しさや憂いを抱えた歌人は、これ以上鳴くなと鳥にささやきながら、時の移ろいやすさに自らを重ねないではいられない。

四句に「外《と》の面《も》」とあることから室内から外を見ているとわかります。ガラス窓を通してなのか、障子を開け放ってなのか。おそらく屋外でひばりの声を聞いたであろう家持よりも、白秋のほうが外界との距離がある。それは感覚の鋭すぎる白秋があえてとった距離なのか、直接的に何かを感受することの近代の困難さなのか。

春愁の歌は、味わう側にも惑いを連れてくるようです。

春の夜《よ》の夢ばかりなる手《た》枕《まくら》に
かひ《い》なく立たむ《ん》名こそ惜しけれ

周《す》防《おうの》内《ない》侍《し》 P238
『千載和歌集』九六四
平安時代後期

枕をお貸しくださっても、春の夜の夢みたいなお付き合いに真剣になって、浮き名が立ってしまうようなことになると残念ですから。

〈～ばかりなる〉
限定を表す語
〈かひなく〉
甲斐なく、むなしく。「手枕」からの連想で、腕を意味する「かひな」が詠み込まれている

かにかくに祇園《ぎおん》はこひ《い》し
寝《ぬ》るときも枕の下を水のながるる

吉《よし》井《い》 勇《いさむ》 P243
『酒ほがひ』
一九一〇（明治四十三）年

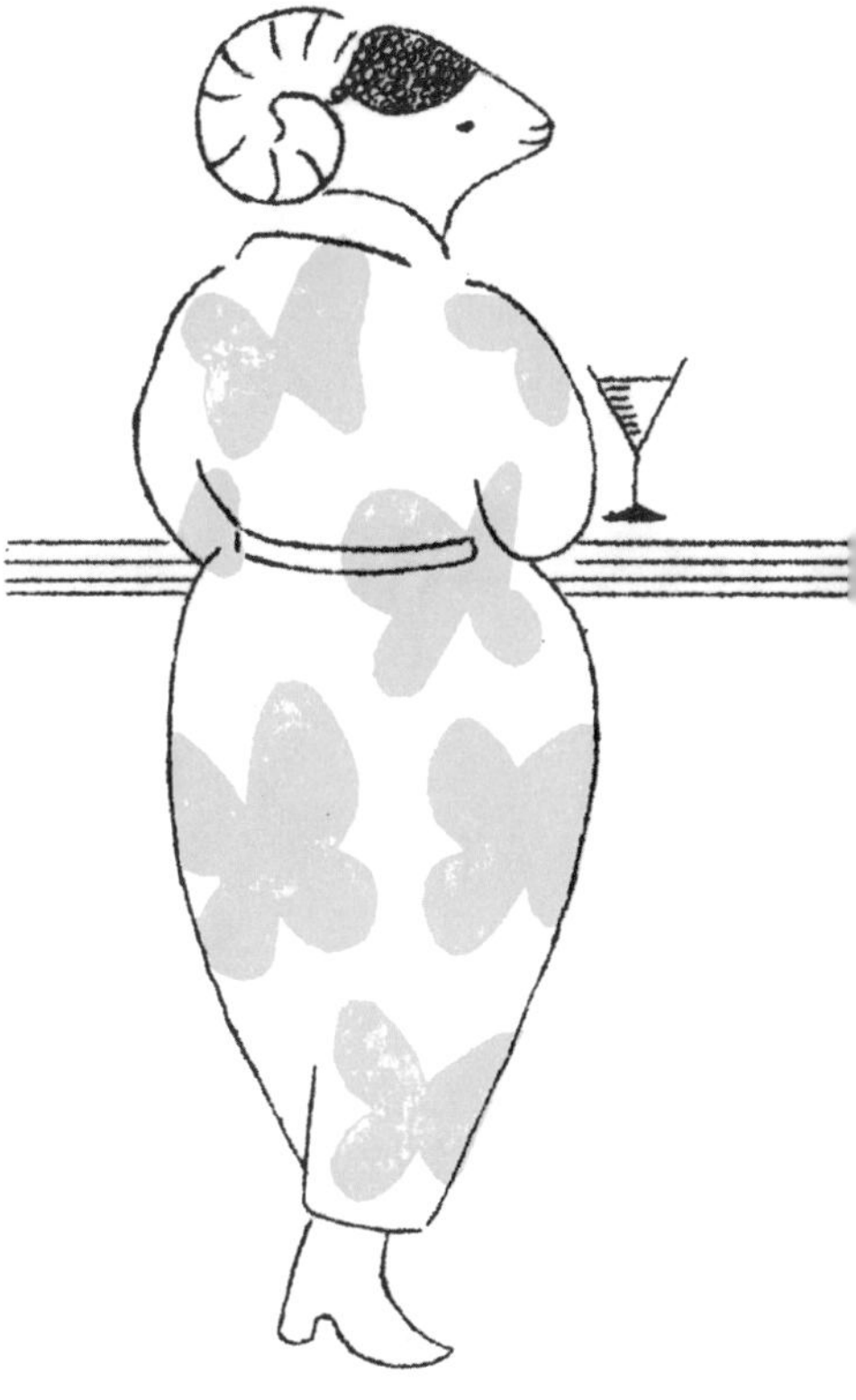

何にしてもともかく、祇園は恋しい。寝ているときにも枕の下を水が流れるのだ。

〈かにかくに〉
あれこれと、何にしてもともかく

〈こひし〉
恋しい。離れているものに対して恋しく思うこと

〈水〉
祇園界隈を流れる白川《しらかわ》の水の流れのこと

〈ながるる〉
流れる。「ながる」の連体形。余韻や詠嘆を感じさせる「連体止め」の用法

二月の月の明るい夜。旧暦の二月ですから、春真っ盛りの頃です。人々が集まり語らっているときに、周防内侍が「枕が欲しいわ」とささやきます。遅い時間だから疲れて横になりたい気分だったのでしょう。すると御簾《みす》の下から、ちょうど通りかかった大納言・藤原忠家《ただいえ》が腕を差し入れて、これを枕に、と言ってきました。それに返した歌です。

「春の夜の夢」とは淡く儚い、そして甘美なイメージを伴います。桜も咲く頃で、あたりは暖かな空気に包まれている。そこに男性から持ちかけられた腕枕ですから恋の呼びかけであって、一方で「夢ばかりなる」と限定を表す語を用いているということは、それが夢のようなものに過ぎない、ともわかっています。

四句の「かひなく」には、「手枕」からの連想で腕を意味する「かひな」の語が詠み込まれています。枕をお貸しくださっても、春の夜の夢みたいなお付き合いで浮き名が立ってしまうと残念ですから、とお断りを入れているのです。

だいぶ年長の忠家のほうは、どうして甲斐のな

女房歌人の歌の舞台

周防内侍の歌の舞台は二条院。皇女で天皇の中宮であった、章子内親王《しょうしないしんのう》の御所です。お仕えする人々、親族や友人の貴族たちがいて、夜遅くまで話をしていました。忠家が腕を差し入れた「御簾」は、室内の仕切りのような役割をするもの。男性から女性が簡単に見えないようになっていました。ちなみに忠家の返歌は、「契《ちぎ》りありて春の夜深き手枕をいかがかひなき夢になすべき」。「春の夜深き」が意味深ですね。

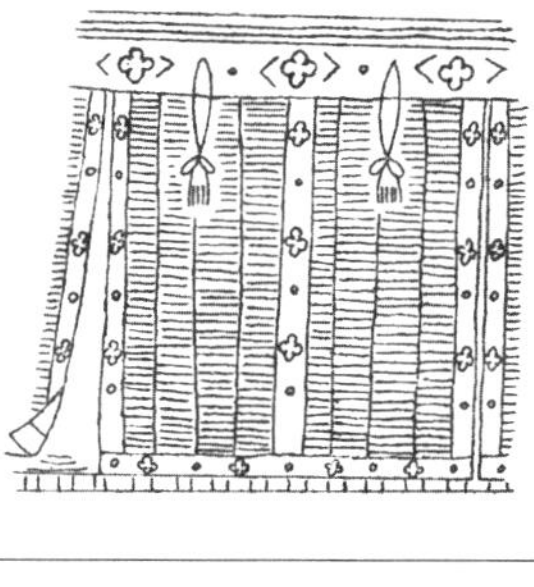

い夢になどしましょうかと歌で応えます。カラオケでデュエットをする感じでしょうか。ゲームのような歌のやり取りを、一同が楽しんだのでしょう。枕を求めてきっかけをつくった周防内侍が優勢という気がします。

「かにかくに」は、石川啄木と同じ年に生まれた吉井勇の代表作です。戯曲や小説などでも活躍しますが、「明星《みょうじょう》」や「スバル」にも関わった人物で、どちらかというと浪漫でモダン（ざっくりした言い方ですが）なタイプ。「パンの会」をともに立ち上げた、北原白秋に近い歌人です。

一九一〇（明治四十三）年五月、京都の祇園で初めて遊んだときの歌。「かにかくに」は、何にしてもともかく、というような意味です。「か」と「かく」は副詞で、「か〜かく」と一緒に用いて、ありうることや身近なことを前提として切り出しながら歌の世界に引き込みます。そこに祇園を慕う気持ち。「こひし（恋しい）」は、離れているものに対して恋しく思うことですから、祇園から戻っても、時が経っても、祇園を忘れがたかったのでしょう。

そして、下の句「枕の下を水のながるる」が歌の魅力だということは、言うまでもありません。酔いに身をまかせ、旅先の枕で夢かうつつかわからない眠りの中にいると、近くの川の水が身体の中を流れる。それは祇園の地を離れた身にもよみがえる。人も街もひっくるめての祇園への思いが、寝るたびに呼び起こされるのです。

緑と水の豊かな晩春の京都を訪れたのは、吉井勇のデビューしたての頃。夢を抱きつつ、春の愁《うれ》いの気分も加わっていたにちがいありません。

平安時代の女房歌人も、貴族たちとの語らいのあとで、枕の下に水の流れを聴いたでしょうか。

春過ぎて夏来《き》たるらし
白妙《しろたえ》の衣《ころも》干したり天《あめ》の香《か》具《ぐ》山《やま》

持《じ》統《とう》天《てん》皇《のう》
『万葉集』巻一・二八 P237
奈良時代

春が過ぎて夏がやって来たらしい。天の香具山に白い衣が干してあるよ。

〈来たるらし〉来たらしい

〈白妙の衣〉神事に携わる巫女《みこ》の白い着物のこと

〈天の香具山〉「香具山」は大和《やまと》三山《さんざん》の一つ。「天の」は、香具山が大昔に天から降ってきたという由来から

葛《くず》の花 踏みしだかれて、色あたらし。
この山道を行きし人あり

釈《しゃく》 迢空《ちょうくう》 P237
『海やまのあひだ』
一九二五（大正十四）年

誰もいない道を行くと、葛の花が踏みにじられて鮮やかな色を見せている。この道を行った人があるのだ。

「春過ぎて夏来にけらし白妙の衣干すてふ天の香具山」（春が過ぎて夏が来たらしい、白い衣を干すという天の香具山では）。この百人一首の歌は、『新古今集』の時代に改変されたものです。二句と四句の変更には、大きな意味のちがいはありませんが、『万葉集』のほうは、山に目を見やってリアルに確かめています。『新古今集』は、四句の「干すてふ」が、もってまわったようなぼんやりとした表現で、二句「来にけらし」も詠嘆の意味合いを含んでいますから、遠い神話の世界が立ちのぼるような味わいがあります。

持統天皇はのちに藤原京に遷都しますが、この歌は飛鳥《あすか》（浄御原宮《きよみはらのみや》）の地で詠まれました。大和三山の一つである香具山は、古代からの聖なる山。春には菜を摘む行事があって、その神事に携わる巫女《みこ》の白い着物を山麓《さんろく》で乾かしたといいます。

天からふわっと地に降りた感じの、香具山の丸くなだらかな姿は、一家の主婦としての持統天皇の視線を反映しているように思えます。イベントで皆が目にした衣装が洗濯して干されて、風になびいている、そこに夏の到来を見ているのです。国の平安を祈る気持ちもあったでしょう。

古来、夏はあまり好まれる季節ではなく、春や秋と比べると歌としても少ない。が、梅雨に入る少し前、五月の終わりから六月はじめの初夏は、実にすがすがしい。そんな季節のはざまの短い時季をとらえたことも、鋭いなあと思います。季節のうつろいを歌でとらえるのは、『万葉集』の時代には稀有なことでした。

山の緑が日に日に濃くなっていく、その色合いは一様ではなく、とりどりに目に飛び込んできます。そこに衣の白さが映えて、爽やかさこの上ないものです。

釈迢空の歌は、葛の花が山道に落ちて踏まれ、土の上に散らばっている情景を描きます。足元に何気なくあって、歌人が発見しなければそのまま土に還っていくでしょう。けれども、その赤紫の鮮やかなこと。「色あたらし」という語によって、踏まれて土にまみれてもなお、水気を帯びてその存在を示す、マメ科のぽってりとした赤紫色の花が浮かびあがります。葛は夏の終わりから秋にかけて咲く、季節の変わり目を彩る花でもあります。

壱岐《いき》（長崎県）を訪ね、山道を歩いて詠んだ歌で、最初の歌集『海やまのあひだ』に収められた「島山」連作の一つ。句の間におかれた「、」「。」は歌人特有の表記で、この間合いが歌自体の呼吸のようなものかもしれません。

壱岐には古くから人が住んでいましたが、多くの人が訪ねる場所ではありません。歌人は民俗学者（折口信夫《おりくちしのぶ》）でもあります。現実に自分が歩く少し前に人が行ったことについての気づきよりも、この地を踏んだ昔の人の足音を聞き、同じように葛の花を見たことへの感受のほうが大きいのではないでしょうか。人だけとは限りません。けものたちが花を踏み、島を吹き抜ける風を感じたことまでも想像されます。

二つの歌の共通点はまだあります。「白妙《しろたえ》」は「白栲」とも書きます。かつては栲（楮《こうぞ》の古名）の木の皮を蒸し、水に漬けて晒《さら》す長い工程によって得られる白い糸から、布を作りました。その布が「たへ」で、布一般を表す言葉です。葛も昔から、根を粉にして食べたり薬にしたりしました。人々の暮らしが色彩を伴って、歌に詠み込まれているのです。

ほとゝぎす鳴くや五月《さつき》のあやめ草
あやめも知らぬ恋もするかな

よみ人知らず

『古今和歌集』四六九
平安時代前期

いちはつの花咲きいでて我目《わがめ》には
今年ばかりの春行《ゆ》かんとす

正岡《まさおか》子規《しき》

『竹の里歌』
一九〇四（明治三十七）年

空からほととぎすの声、地を見ればあやめ草。あやめ（文目）もわからずに（わけがわからないうちに）、恋をしているんだなあ。

〈あやめ草〉菖蒲《しょうぶ》。ショウブ科の植物で、花菖蒲とは別種
〈あやめ〉物事の道理、筋道、節目

いちはつの花が咲きだしたが、病む私の目には、今年限りの春が去ろうとしているように映る。

〈いちはつ〉
アヤメ科の花。晩春に濃い紫の花を咲かせる。名前の由来は、初夏に咲くアヤメの中では最も早く花開くことから
〈今年ばかり〉
今年で最後の
〈行かんとす〉
去ろうとしている

古典の世界で夏を象徴するものといえば「ホトトギス」。和歌でも物語でも、夏の道具立てとして特別に重んじられています。この歌では、ホトトギスが「五月《さつき》」に鳴いています。旧暦の五月は、現代の六月後半。梅雨を指す「五月雨《さみだれ》」の言葉からもわかるように、かつては夏のちょうど真ん中にあたりました。

空からホトトギスの声、地を見れば「あやめ草（菖蒲）」という夏の五月らしい取り合わせ。「あやめ草」「あやめ」という音の繰り返しによって、下の句になって歌の意味が立ち現れてきます。上の句「ほとゝぎす／鳴くや五月の／あやめ草」までが序詞《じょことば》で、四句の「あやめ（文目）」を導き出しているのです。

序詞と歌の意味に直接関係はないのですが、夏の風物詩のイメージと恋の現れとが、全く無関係というわけではありません。

「文目《あやめ》」は模様のことで、筋目や事情を表します。筋目もわからずに、つまり、自分でもわけがわからないうちに恋をしているんだなあと、下の句に歌の意味の中心があるのです。どうやら歌人は、始まったばかりの恋に戸惑いを隠しきれないでいるようです。

さて、明治人の正岡子規は、二十代から結核性の脊椎《せきつい》カリエスのために病床にありながらも、俳句と短歌の近代化に人生を捧げた人物。平安時代以来、文芸の世界の王道だった『古今集』について、「型にはまって技巧的」「わざとらしい」とこき下ろしています。

子規が先に手がけていたのは俳句の革新運動で、明治時代に興った洋画からの影響で、「写生」という考え方を前面に押し出しました。それはやがて俳誌「ホトトギス」で実現されていくのですが、短歌にも「写生主義」を応用して、風景や事物を客観的に描写することを眼目とします。その精神は、子規亡きあと、歌誌「アララギ」で継承され、その後の短歌の大きな流れとなっていきました。

正岡の本名は「常規《つねのり》」で、俳号《はいごう》(ペンネーム)「子規」は「ホトトギス」の意味。一八八九(明治二十二)年に喀血したときに、自らつけたようです。ギョッギョッと鳴くその姿を結核という病に侵されていく自らと重ねたことに、自分をも外側から見つめ、徹底して描き切ろうとする意気込みを感じずにはいられません。

「いちはつ」はアヤメ科の花、この花が咲きだすと春は終わりを告げる。去りゆく春は歌人にとって、「今年ばかり」かもしれない。身体が弱り人生が潰《つい》えていくのがわかっている。その上でなお、目の前に咲く花を伏しながら見つめる。それが今の自分にできること。春を惜しむ気持ちと命への思いのあいだの揺らぎを、しんと立ついちはつの花が受け止めているかのようです。

始まったばかりの恋と、二度とめぐってこないかもしれない春。「ホトトギス」と「あやめ」に呼ばれた不思議な歌同士です。

日本人とホトトギス

古くから、「初音《はつね》」(その季節の最初の鳴き声。初声とも)が愛でられてきたホトトギス。「初鰹《はつがつお》」のように、「初」を好む日本文化の一つです。また、夏の明け方に鳴くことから、通い婚の時代は別れの時間帯、恋を演出するものでもありました。「ホトトギスの長鳴き」など個性的な変奏もあり、恋の微妙さとも重なります。

もの思へ《え》ば沢の蛍もわが身より
あくがれ出《い》づる魂《たま》かとぞみる

和泉式部《いずみしきぶ》 P232
『後拾遺和歌集』一一六二
平安時代中期

もの思いにふけっていると、光っている蛍が身からさまよい出た魂のように見える。

〈もの思へば〉
ものを思うと
〈あくがれ〉
離れて。「あくがる」とは、そこから離れること。うわの空になること

其《その》子《こ》等《ら》に捕《とら》へられむ《ん》と母が魂《たま》
蛍と成《な》りて夜《よ》を来たるらし

窪《くぼ》田《た》空《うつ》穂《ぼ》 P235
『土を眺めて』
一九一八（大正七）年

子どもたちに捕らえられようと、母親の魂が蛍となってこの夜、やって来たらしい。

〈来たるらし〉
来たらしい。「らし」は根拠に基づいた推定

和泉式部は平安王朝盛期の歌詠み。その一世紀ほど前に活躍した伊勢《いせ》と並ぶ、横綱級の「恋多き女」です。伊勢の場合は宇多《うだ》天皇やその息子に寵愛され、高貴さもまた格別な歌詠みで、相当の美貌だったそうです。

一方で、和泉式部はといえば、冷泉《れいぜい》天皇の皇子から皇子へという遍歴を持ち、その熱愛の日々を描いた『和泉式部日記』が伝わります。皇子たちとの別れ（それぞれの死というかたちで）ののちに、藤原道長の娘・彰子《しょうし》に仕え、道長の紹介で再婚した藤原保昌《やすまさ》に付き添って丹後国《たんごのくに》に行きます。

起伏に富んだ人生が歌に反映しているのか、多面的で、その時々の「心」が感じられます。移ろいやすい我が身を、歌によってこの世につなぎとめているかのよう。恋の歌は本当に自由で多様、その後の歌のお手本にもなります。

「もの思へば」は、詞書《ことばがき》に「男に忘られて侍《はべ》りけるころ」とあり、鞍馬《くらま》の貴船《きふね》神社にお参りして、そばを流れる御手洗《みたらし》川に蛍が飛んでいたことから詠まれました。

木々に囲まれた薄暗いあたり、あるいは夕方に近い時間か。遠出がそう簡単ではなかった頃に実際に出かけ、山道を歩いたにちがいありません。今も自然豊かな場所ですが、緑に覆われて圧倒されるような自然の中に歌人は身を置き、そして蛍を目にしたのです。

初句「もの思へば」（ものを思うと）。これは恋を意味しながら、さまざまなもの思いが凝縮されているのではないでしょうか。生きることの困難のさなかにあって、虚ろになりがちな気持ち。自分が自分であって自分でないようなとき、「蛍」の存在に自らの「魂」を見いだし、我が身を確かめているようです。

「其子等《そのこら》に」の歌は、大正時代に窪田空穂が詠みました。苦学して大学の国文学の教師となり、三十一歳で結婚。十年ののちに二人の子を残して妻が亡くなります。三十歳に満たない死でした。

二句「捕《と》へられむ」（捕らえられたい）が効いていますね。心を残してこの世を去った母、子どもたち、そして、父であり夫である歌人。どんなかたちでもいいから会いたいという三者の気持ちが、「蛍」に込められています。

空穂はお盆の時期に、郷里の長野に帰省したものと思われます。久しぶりに子どもたちと緑の濃い自然の中で過ごし、それは都会にはない、静かで深い夜を迎えることでもありました。蛍は子どもの指に止まったかもしれませんね。子どもたちを通して、母の思いが偲《しの》ばれてならない。

窪田空穂による、九〇〇年を経ての、壮大な本歌取りです。

蛍と魂

『万葉集』に、蛍はほとんど詠まれていません。『枕草子』は「夏は夜」と、蛍が飛び交う趣《おもむき》を述べ、『源氏物語』「蛍」の巻では、光源氏が蛍を放って、養女・玉鬘《たまかずら》の美しさを見せ、訪れた男性を魅了します。その少し前、十世紀後半に源重之《みなもとのしげゆき》が詠んだのが、

音もせで思ひに燃ゆる蛍こそ
鳴く虫よりもあはれなりけれ　『後拾遺集』二一六

——音も立てずに「思ひ」の「火」に燃えて飛ぶ蛍は
鳴く虫よりも趣深いものだなあ

夜灯す明かりが進歩する一方で、人々は夜の闇や静寂を味わうことも忘れません。心を見つめようとするとき、その闇の奥にある魂を、闇を照らすものとしての「蛍」と重ねたのかもしれません。

天《あめ》の海に雲の波立ち月の舟
星の林に漕《こ》ぎ隠る見ゆ

柿本人《かきのもとのひと》麻《ま》呂《ろ》 P234
『万葉集』巻七・一〇六八
奈良時代

大空の海では雲の波が立ち、月の舟が、輝く星々の林を漕ぎ進んで隠れて行くのが見える。

銀河系そらのまほらを堕《お》ちつづく
夏の雫《しづく》とわれはなりてむ

前《まえ》　登志夫《としお》 P241
『樹下集』
一九八七（昭和六十二）年

銀河系の空のまほらを果てしなく堕ちつづけている、夏の雫に私はなろう。

〈そらのまほら〉

そらのよいところ。「まほら」は「真秀ら」と書き、まほろば（まほらま）と同じで、すぐれたところのこと

〈なりてむ〉
～になろう。～になるつもり。「てむ」は、強い意志・推量を表す

天、雲、月、星と、天空のものが並びます。夜の情景なので太陽（日）は出てきませんが、地上の夜と昼も宇宙の壮大な動きの中にありますから、月と太陽は舞台で入れ替わる役者みたいなもので、歌の後ろには太陽も控えている。

古来、月の歌は数多《あまた》あるのに星はどうしたのか、天の川に集約されて、「星」という語は少ないという印象。その分、この歌は新鮮に感じられます。

とにかく情景も構想も大きい。夜の空を海にたとえているのですから。海面はうねって揺れて、波が白く立ち、きらきらとしぶきが上がる。次から次へと波はやってきて、光の粒が無数に散り、それは銀河のよう。そこを舟に見たてた月が運行していくのです。

柿本人麻呂は宮廷歌人として、天武天皇の皇子らの宴会で詠むことが多かったといいます。そこでは、朝廷とそこにいる人々をほめなくてはなりません。漢詩の影響を受けて天象を詠み、新しさを盛り込んで宴を寿《ことほ》いだのです。近代でいえば、洋行帰りの歌人がパーティーでパリやベルリンの夜の街の光景を詠うことに通じるでしょうか。

「天」はアマと呼ぶのが古く、アメは転じたかたちです。何もないことを表す「空」とはちがって、神々の住むところ、世界を司る天上界を指します。

星がまたたく夜空を舞台に、三句では「月の舟」が登場。月は銀河を運ばれ、やがて目の前から消えてゆく。海原を行く舟が、いつの間にか見えなくなる様子に似ています。月の舟は、宴の主人を指すようであり、酒を酌む盃も思わせます。

「銀河系」を詠んだ前登志夫は、奈良の吉野で林業を営み、歌詠みとして活躍しました。吉野といえば天武天皇ゆかりの地。四季を通じて、雪も月も花も詠まれる歌枕です。歴史が刻まれた古い土地柄でありながら都から離れた異郷として、四季の移ろいだけでなく、空からもたらされる夜と昼を身体で感じる土地といえるかもしれません。

今の私たちは室内でも町でも夜が明るくて、昔の人の覚えた昼と夜の質のちがいを知らないで過ごしています。

科学によって解き明かされた事実や法則を知る私たちにとって、上空にあって人間を覆うものは「天」ではなく「そら」なのですが、「そらのまほら」となると不可思議さが深まる気がします。森羅万象を対象化して詠むのではなく、暮らしそのもので受け止め、心と身体を自然の中に浸透させ、宇宙と交信するような感覚なのではないでしょうか。

結句「われはなりてむ」の末尾「てむ」には強意の意味がありますので、「私はなろう」ということです。つまり宇宙に身を置いて、銀河系のどこかから落ち続ける「雫」に私はなるのだ、と。その雫の旅は、人知では測れない距離と時間の中にあるようにも思えます。

「夏の雫」という言葉には、凛とした透明な響きが感じられます。宇宙を映しながら「そらのまほら」を「堕ちつづく」のでしょうか。私たちがいるこの地上も、宇宙にある星のいずれかであることにちがいないし、誰もがいつかは天空の星に還っていくのかと、遠い視線へと誘われます。

私たちが現在、日常的に見る夜空の星の数は、万葉人が見ていた数にはとうていおよばないでしょう。星から学んだり星を見るだけで慰められたり、そんな暮らしや体験からも、歌が生まれたのだろうと思います。前登志夫は星を通して、万葉人と対話しているようです。

秋きぬと目にはさやかに見えねども
風の音にぞおどろかれぬる

藤原敏行《ふじわらのとしゆき》 P241
『古今和歌集』一六九
平安時代前期

馬追虫《うまおい》の髭《ひげ》のそよろに来る秋は
まなこを閉ぢて想《おも》ひ見るべし

長塚《ながつか》節《たかし》 P240
一九〇八（明治四十一）年　「馬酔木」に掲載

秋が来たといっても、その変化は目にははっきり見えない。けれども、風の音で秋だということに気づいたよ。

〈秋きぬ〉秋が来た

〈風〉
秋の風。立秋が過ぎると風は秋らしさを帯びて、涼しく、荒く吹くとされた

〈おどろかれぬる〉
はっと気づいた。「れ」は自発の助動詞で、自然とそうなることを表す

〈**馬追虫**〉
キリギリスの仲間。スイッチョンと鳴く
〈**そよろ**〉
ものが軽くふれ合ってたてる音を表す。そより
〈**～べし**〉
～するのがいい、～するものだ

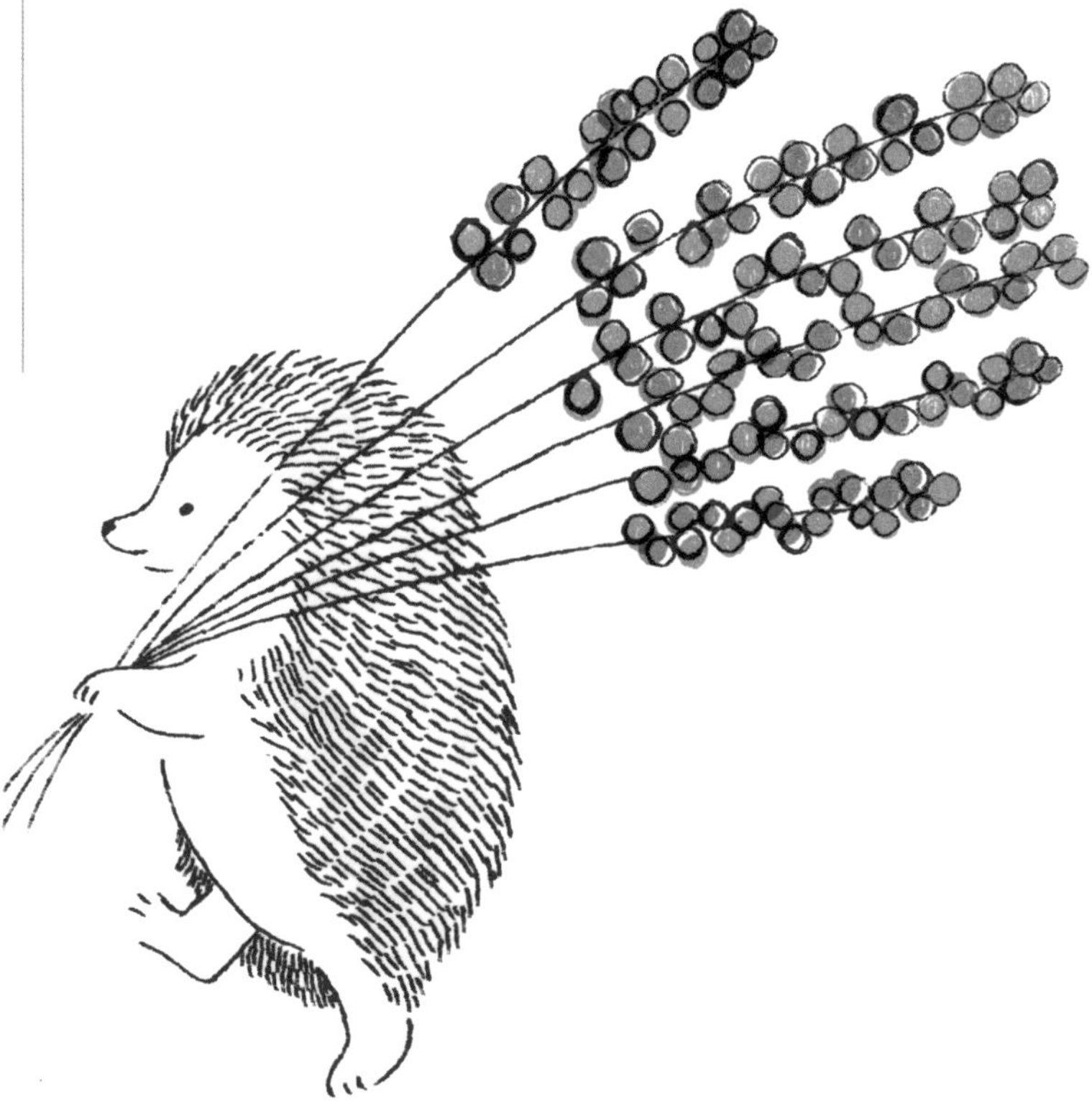

藤原敏行は平安前期の歌人で、能書家としても知られ、紀貫之と親交があったようです。貫之より年上かと思われますので、歌人としても先輩格であったのかもしれません。「秋きぬと」は、『古今集』「秋歌」の冒頭に、「秋立つ日よめる」として置かれ、その次には貫之の歌があります。

河《かわ》風《かぜ》のすゞしくもあるかうちよする
浪《なみ》とともにや秋は立つらむ　『古今集』一七〇

賀《か》茂《も》川の川辺で貴族たちが遊ぶのにお供して、そこで感じた涼しさを詠んでいます。川を渡る涼しい風にまず注目、その風によって川に波が立ち、そこから結句「秋は立つ」という言葉を呼び込んで秋の到来（立秋）を告げる。貫之らしい言葉の技がすぐに読み取れるのですが、敏行の歌には、そのような作為があまりないように思えます。秋が来たとは目にははっきり見えない、けれど風の音で秋だということに気づいたと、感覚の自然な流れに従いながら淡々としている。文脈をたどるだけで、歌の意味がすんなりと入ってきます。三句「見えねども」のあとに、少し間をおいて読んでみてください。目では確かめられなくても、風の音にはっとするのだと、歌人自らがその発見に突き動かされているようです。

「音」は「おとずれ」に通じます。誰かが近づいてくるのを私たちは、相手の声や呼びかけだけでなく、足音、衣ずれ、息づかい、あるいはもっと微細な空気の揺れのようなことで察知します。「風の音」とは耳で聞き取れる聴覚的な現象だけではなく、形容しがたい秋の気配、感触を含んだ言葉なのではないでしょうか。

長塚節の歌では、「馬追虫《うまおい》」の髭《ひげ》（触角）が歌のはじめにあって、歌人はその小さな虫のかぼそい髭から、秋を感じ取っています。歌人の住む農家の庭先から、窓辺に入ってきたのでしょうか。君はまた来たのかい、今日は秋を連れてきたようだね——。

長塚節と馬追虫

長塚節は茨城県の豪農に生まれましたが、心身が丈夫ではなく、家を継ぐという周囲の期待に応えられませんでした。二十一歳で正岡子規に弟子入りし、歌を詠み始めます。子規の「写生」という考え方を、誰よりもしっかりと受け止めていました。見たもの聞いたもの、生活の中の現実を忠実に言葉で写し取ること。馬追虫の「馬追」という言葉からは、荷物や人を運ぶ馬の世話や、野で馬を追うといった仕事を彷彿させ、長塚の原風景というべきものが、この一語に込められています。農村の風景はやがて、小説『土』などに結実しました。

髭の「そよろ」というかすかな動きとともに「そよろ」とやってきた秋。結句「想ひ見るべし」で、秋の到来を心の中に見ようではないかと提案し、「そよろ」という擬態語の持つ聴覚的なものから、視覚へと促していきます。「想ひ見る」秋ですから、人それぞれの秋があっていいのです。内面に秋を感じながら、全身を秋に向かって鋭くすることです。

長塚節の歌では「風」という語は用いられていないのですが、「そよろ」から確かにそれを感じることができます。目に見えるものや耳に聞こえるものの以前に、季節をつかさどるものがある。『古今集』の歌人も近代の写生歌人も、それを「風」としてとらえたのです。

見渡せば花も紅葉《もみじ》もなかりけり
浦のとまやの秋の夕暮

藤原定家《ふじわらのていか》 P227
『新古今和歌集』三六三
鎌倉時代初期

見渡すかぎり花も紅葉も何もない。海辺に貧しい漁師小屋があるばかりで、あたり全体に秋の夕暮が訪れている。

〈とまや〉
苫屋《とまや》。苫（菅《すげ》や茅《ちがや》など）を編んで屋根をふいた、粗末な小屋

さびしさはその色としもなかりけり
真木《まき》たつ山の秋の夕暮

寂蓮《じゃくれん》 P238
『新古今和歌集』三六一
鎌倉時代初期

寂しさは色のせいということでもないのだなあ、杉や檜《ひのき》が並ぶ山の秋の夕暮の、言い知れない寂しさといったら。

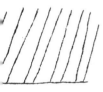

〈**色としも**〉色ということでも。「し」は強調
〈**なかりけり**〉ないのだなあ。「けり」は詠嘆
〈**真木**〉木の美称。杉や檜など、常緑の樹木の総称

こころなき身にもあは《わ》れはしられけり しぎたつ沢の秋の夕暮

西行《さいぎょう》 P228
『新古今和歌集』三六二
鎌倉時代初期

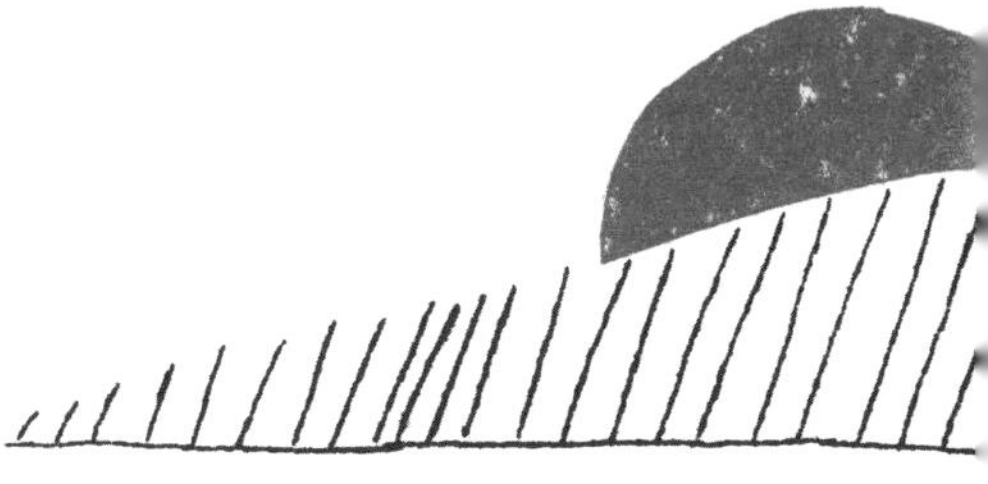

世俗の情に心を動かされることのない身ではあるけれど、しみじみとした思いが身にしみて感じられるなあ、鴫《しぎ》が飛び立つ沢辺の秋の夕暮は。

〈**こころなき身**〉出家して普通の生き方や感情を捨てたこと
〈**しぎ**〉水辺に棲む渡り鳥。田鴫《たしぎ》、磯鴫《いそしぎ》など多種にわたる

「秋の夕暮」を詠んだ歌の中でも、その決定打のように「三夕《さんせき》」と呼ばれる、『新古今集』の名歌三首です。秋といえば『古今集』などでも、月、もみじ、きりぎりす、秋風、露と、多様な風物が詠まれてきました。また、秋の夕方を表す「夕ぐれ」「秋の夕《ゆうべ》」も用いられています。しかし、「秋の夕暮」という、結句に見事収まる七文字が現れるのはのちの時代。

さびしさに宿を立ち出でてながむれば
いづこも同じ秋の夕暮
良暹《りょうぜん》『後拾遺集』三三三

――寂しさが募るので、家から出てあたりを見渡してみると、どこも同じような秋の夕暮だなあ

これは、百人一首にも収められた歌です。

『枕草子』序段の「秋は夕暮」という名フレーズは、よく知られるところ。清少納言は感覚の新しさを眼目としていますから、「秋の夕暮」は平安時代中期以降に出てきた言葉だといってよさそうです。「三夕」の歌はその洗練された用い方なのでしょう。秋を好んだ藤原定家にとっては、何とも言いがたい心持ちを託すのにふさわしい語でした。

夕方は、昼間から夜への移行の時間帯、明るいとも暗いともいえない「境目」で、空の様子も私たちの気分も「あわい（間）」におかれます。しかも、夜の闇を迎える前の「夕暮」は、「夕《ゆうべ》」という語とちがって、時間だけではなく空間的なものも含めた、全体的な光景をとらえた言葉なのです。また、外の照明などほとんどなかった昔は、昼と夜の世界はまったく異なるものでした。通い婚が習慣だった頃にあっては、夕暮になればいよいよ恋が繰り広げられる。そういった人々の過ごし方も、この語に込

められているのです。

まずは寂蓮の歌から。秋はもみじの赤や黄色が山を彩りますが、今この山は真木《まき》、つまり杉や檜といった常緑樹が目立っています。寂しさはその緑色も含めて、特定の色ということではなく引き起こされ、さらに夕暮ですから色はすべてあたりに吸い取られていきます。寂蓮お得意、モノクローム の映像美。次の歌でも、時の経過をも含み込んだ世界を味わってみてください。

村雨《むらさめ》の露もまだひぬ真木の葉に
霧立ちのぼる秋の夕暮　『新古今集』四九一

——にわか雨が通り過ぎて、葉についた露が乾かないうちに、霧が立ちのぼる秋の夕暮だ

西行の「こころなき」に出てくるシギは、秋に渡来し、干潟や河口に群れる鳥。飛び立つときの羽音に女性の気持ちが託されたりもしますが、出家の身はそういうものに心を騒がすことはないはずです（迷いを読みとることはできるかもしれませんが）。それでも秋だけは確かにやって来る。シギが去った余韻で、静けさがより深く感じられます。

定家の「見渡せば」は、引き算に引き算、〝ナイナイ〟の光景ですが、うら寂しい苫屋《とまや》が秋にふさわしくあって、歌全体を表す「浦」が浜辺だけではなく、目の前に広がる海も含めると考えると、実は〝アルアル〟。ただの秋の海辺から、『源氏物語』の「須磨」巻なども思い起こされて、自分だけの風景ではなくなっていくのです。

寂蓮は山、西行は沢や河口、定家は海辺で、三つは異なる場からの秋の夕暮。実に絵になる三つの夕《ゆうべ》なのです。

名にめでて折れるばかりぞ女郎花《おみなえし》
我落ちにきと人に語るな

僧正遍照《そうじょうへんじょう》 P239
『古今和歌集』二二六
平安時代前期

「女郎花」という名前が気に入って折り取っただけなのだから、私が落ちてしまったなんて、人に言ってはいけないよ。

〈落ちにき〉
落ちてしまった。完了の助動詞「に」+過去の助動詞「き」。「き」は「経験・回想の過去」といい、実態に基づく意味合いがある

かたは《わ》らに秋ぐさの花かたるらく
ほろびしものはなつかしきかな

若《わか》山《やま》牧《ぼく》水《すい》 P230
『路上』
一九一一（明治四十四）年

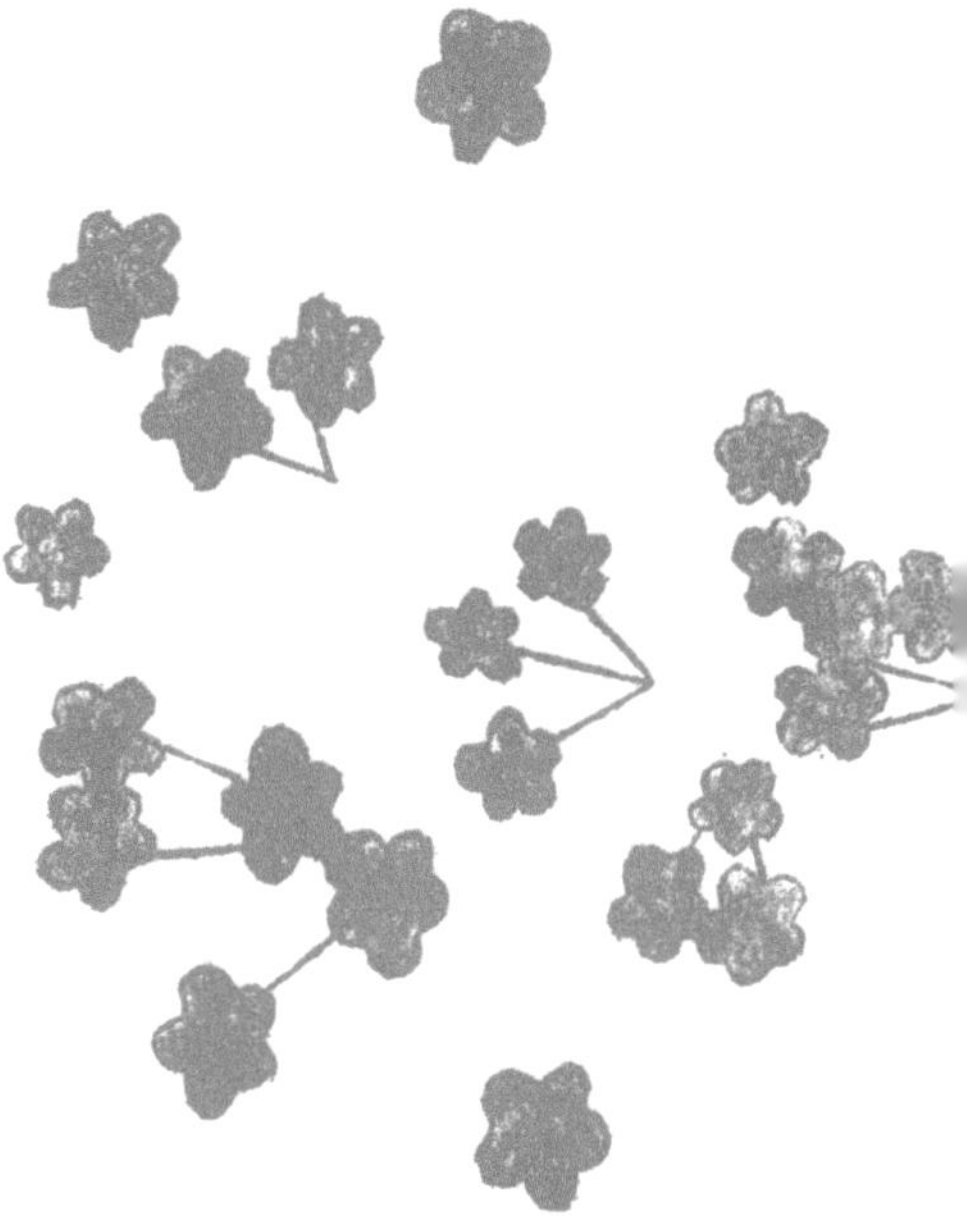

道の傍らに咲く秋草の花々が語ることには、「滅び去ったものは懐かしいなあ」。

〈かたるらく〉
語るには、語ることには

僧正遍照は『古今集』「仮名序《かなじょ》」で、六歌仙《ろっかせん》の一人に挙げられている有名歌人。『古今集』が成立する少し前の九世紀を生きた人で、小野小町との贈答歌もあります。桓武《かんむ》天皇の孫で、良岑宗貞《よしみねのむねさだ》として仁明《にんみょう》天皇に仕え、天皇崩御ののちは僧侶になって確固とした地位を築いたエリート。ですが私はむしろ、出自のよさや安定した身分から自由になり、歌に対する評価にとらわれずにくつろいで詠もうとした歌人、という印象を持っています。

天《あま》つ風《かぜ》雲の通《かよ》ひ路《じ》吹きとぢよ
乙女の姿しばしとどめむ
『古今集』八七二

百人一首でも知られるこの歌は、遍照が出家する前の、若い頃の歌とされています。新嘗祭《にいなめさい》（天皇が五穀豊穣と国家の繁栄を神に祈る儀式）で舞う少女たちを「五節《ごせち》の舞姫」といいますが、そのあまりの美しさに心奪われた歌人は、舞姫を天女に見立てます。その姿をもっと見ていたいから、風に向かって言うのです。「雲の通り道を少しのあいだ閉ざしていておくれ」と。

さて、「名にめでて…」の歌では、「女郎花《おみなえし》」という名前が気に入っただけ、私が恋に落ちてしまったなんて人に言ってはいけないよと花にささやきます。わかるようでよくわからない歌ですね。その女性とは懇《ねんご》ろになったのでしょうか。僧侶だったらまずいことかもしれない。でもそれにしたって、深刻な感じがしないのです。

「女郎花」は美女にたとえられて詠まれることが多い、秋の七草の一つ。語源は、花の美しさで美女も脇に押しやられる、ということでしょうか。

その女郎花に向かって「人に語るな」と伝えたところに、歌の味わいがあります。「我落ちにき（落ちてしまった）」のは確からしいので、のろけのようでもあります。

　遍照のノンシャランとした詠みぶりとはいささか異なるのですが、旅と酒の歌人として知られる若山牧水も、「秋ぐさの花」の声を聞いています。

　一九一〇（明治四十三）年秋、牧水は恋に破れて信州小諸《こもろ》で静養をしていましたが、そのとき小諸城址を訪ねました。

　風が渡っていく野を一人歩く歌人に、聞くともなしに聞こえる声がある。耳をすましてみる。そこにいるのは歌人と「秋ぐさの花」だけ。三句の「かたるらく」は「らく」が古語的な言い回しで接尾語として働き、語ることには、という意味になります。花たちが「かたる」内容とは、下の句「ほろびしものはなつかしきかな」。

　「かたる」という語には、聞く相手がいて、物事を順序だてて伝えるというニュアンスがあります。ですから、秋ぐさの花は、花同士で、あるいはそばを通る誰かに向かって、風で声が飛ばされてしまいそうな儚い状況にあっても、確かなメッセージを伝えたのです。昔を偲ぶ花たちの声を、牧水は受け止めました。

　花に話しかけ、花の言葉を聞く――。これもまた、歌人の姿です。ただし傷心の牧水にとって、破れた恋を「なつかしきかな」と思えるまでには、まだ長い時間が必要だったことでしょう。

心にもあらで憂《う》き世にながらへ《え》ば
恋しかるべき夜半《よわ》の月かな

三《さん》条院《じょういん》 P237
『後拾遺和歌集』八六〇
平安時代中期

不本意にも、このつらい世に生きながらえたならば、恋しく思うのだろうか、この夜の月を。

〈心にもあらで〉
不本意にも

〈ながらへば〉
もし生きながらえたならば。動詞「ながらへ（ながらふ）」に仮定の「ば」が付いたかたち

〈夜半〉夜中・夜更け

照る月の冷《ひえ》さだかなるあかり戸に
眼《め》は凝《こ》らしつつ盲《し》ひてゆくなり

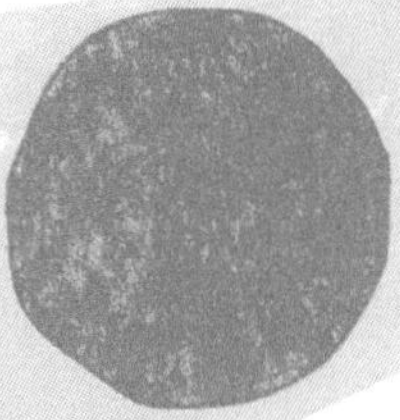

北《きた》原《はら》白《はく》秋《しゅう》 P235
『黒檜』
一九四〇（昭和十五）年

あかり戸（ガラス窓）を通して月の光が冷え冷えとさしている。こうしてじっと見ている目は、確実に弱まって見えなくなっていくのだなあ。

〈盲ひて〉
盲《めし》いて（視力を失って）

三条院は藤原道長が全盛期を迎えようという時代、一〇一一年に天皇として即位しました。三条の母は藤原兼家《かねいえ》の娘・超子《ちょうし》。道長は兼家の子、超子は道長の同母のきょうだいですから、道長にとって三条は甥《おい》にあたるのです。しかし、兼家はすでに亡くなっており、道長は自らが外祖父《がいそふ》として権勢を振るうべく皇太子を立て、三条は在位中、道長にずっと圧迫されていました。

詞書《ことばがき》に「例《れい》ならずおはしまして」とあり、三条は重い目の病にかかっていたといわれています。三句の「ながらへば」、つまり、もし生きながらえたならばと、いつまで生きられるかわからない身を自覚しているのです。今はこうして見ている美しい月を、目の病が進んだ自分が思い出すために、目に焼き付けておこうとでもいうのでしょうか。

「照る月の」を詠んだ北原白秋は歌人、詩人、童謡作家として活躍しましたが、晩年に目を患い、失明するのではないかという不安の中にありました。

一九三七（昭和十二）年十一月に眼底出血をして入院したときに、病室のあかり戸（ガラス窓）を通した月の光が冷え冷えと、そしてはっきりととらえられたのです。こうしてじっと見ている目は確実に弱まって見えなくなっていくのだなあと、自らの境涯を見つめる「眼」はいっそう鋭敏に働いているようです。

「しひて」の「しふ」は感覚や機能が働かなくなることを表す「廃《し》ふ」ですが、「盲《し》ひて」の字を当てており、意味としては「めしひて（盲いる、視力を失うこと）」。七字にしてリズムを整えることで引き締まった感じになっています。

白秋は翌年一月に退院。主宰する雑誌「多磨《たま》」にこの歌を発表し、生前最後の歌集『黒檜《くろひ》』にも収めます。晩秋の冴えた月はガラス窓を通して白秋に届いたわけですが、そのガラスに焼き付けられた月は、近代的な光景だといえるでしょう。

一方、月を見つめながら、月にその身を託したかのような三条天皇は、「心にも」の歌を詠んで間もなく退《しりぞ》きます。道長の娘・彰子《しょうし》の生んだ皇太子、後一条天皇に譲位したのです。道長は外祖父として君臨し、三条院はそれからおよそ一年後の一〇一六年に逝去しました。同年、道長は摂政となり、藤原氏の全盛期を築くのです。

白秋も、『黒檜』の刊行からさほど長くは経たない一九四二（昭和十七）年十一月にこの世を去りました。眼病を抱えながら月の光を生きる証とした、三条院と北原白秋でした。

三条天皇と道長

三条天皇は、道長の娘・妍子《けんし》を中宮《ちゅうぐう》にしましたが、皇太子の時代には、道長の系統ではない藤原氏の出である娍子《せいし》を妃にしていました。そして、三条の思いは娍子のほうにあったとされたことも、道長に睨《にら》まれていた要因です。やがて妍子を中宮、娍子を皇后という二后を立てるかたちをとりますが、実質は中宮が正式ということになりました。これは、一条天皇をめぐる定子《ていし》と彰子《しょうし》の二后の再来でした。その際にも、定子が皇后、彰子が中宮とされ、定子の力は失われたのでした。三条が患っていた眼病は、白内障と言われますが、神経を病んでいたという説もあります。

夕されば門田《かどた》の稲葉《いなば》おとづれて
蘆《あし》のまろ屋《や》に秋風ぞ吹く

源《みなもとの》経信《つねのぶ》 P242
『金葉和歌集』一七三
平安時代後期

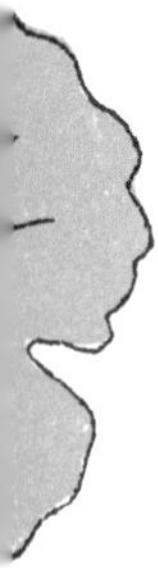

夕方になると、家の前に広がる田んぼで稲の葉が音を立ててそよぎ、その音とともに葦《あし》で葺《ふ》いたこの粗末な小屋にも、秋風が吹き渡ってくることだ。

〈夕されば〉
夕方になると
〈門田〉
家の前にある田んぼのこと
〈おとづれて〉
音を立てて訪ねること
〈蘆のまろ屋〉
葦で屋根を葺いた粗末な小屋

金色《こんじき》のちひ《い》さき鳥のかたちして
銀杏《いちょう》ちるなり夕日の岡《おか》に

与謝野晶子《よさのあきこ》 P229
『恋衣』
一九〇五（明治三十八）年

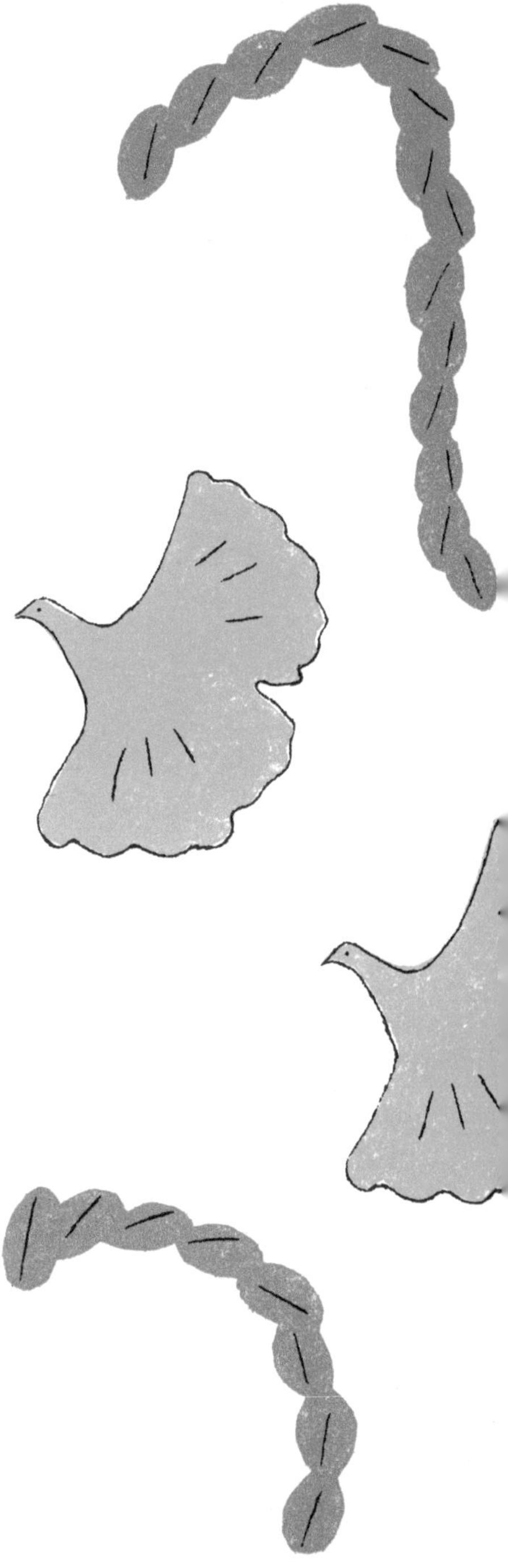

金色の小さな鳥の形をして、銀杏が散っていることだなあ。夕日が落ちる丘に。

〈ちるなり〉
散っていることだなあ

歌の世界では、季節を表す新しい風物は、誰かに見いだされて詠まれ、それに伴って言葉もまた磨かれていきます。

「夕されば」の歌の「門田《かどた》の稲葉《いなば》」「蘆《あし》のまろ屋」には、〝田園の発見〟と言ってもいいような新しい感覚が込められています。源経信が、京の西、梅《うめ》津《づ》の里にあった源《みなもとのもろかた》師賢の山荘を歌人たちと訪れたときに「田家秋風《でんかのあきかぜ》」という題で詠みました。

「夕されば」は、夕方になると、という意味です。秋の夕べがやってくるのを、歌人は感覚を鋭くして待っているようです。

家の門の近くに田んぼがあって、稲が実っています。都の貴族にとっては見慣れない光景だったでしょう。稲葉がなびいてざわざわと音を立てて、波立ちが移動していくのを眺めます。そして、葦で屋根を葺《ふ》いた粗末な小屋に、秋風が吹いてきたのに気づく。

三句「おとづれて」は単なる訪れではなく、音を立てていることを表すのに注意してください。波紋のような稲葉の空間的な動きに、音響の効果が加わった感じ。そうしてとらえられた秋風が、葦の小屋にたどり着く。あたり一面の秋。

この歌は経信の子の源俊頼《としより》が撰者をつとめた、『金葉集《きんようしゅう》』に収められました。この和歌集は、『古今集』を踏襲してきたそれまでの勅撰集とは趣向を異にする歌集としても知られています。

近代の与謝野晶子は、叙景歌《じょけいか》にも新しさを連れてきました。

散ってゆく銀杏《いちょう》の葉を「金色《こんじき》のちひさき鳥」と表現したのが、とてもわかりやすく親しみやすいです。この表現そのものが、発見だったのではないでしょうか。

「ちひさき鳥」は、どこから来たのか、どこへ行くのか。銀杏は街路樹によくありますが、「金色の」と形容されたとたん、特別なものとして感じられます。四句の「ちるなり」には、散っていることだなあ、と詠嘆の気持ちがあり、夕日の照り映える丘がその舞台としていかにもふさわしい。

晶子の真骨頂だと思えるのは、小さな銀杏の葉に「かたち」を与え、ストップモーションがかかったようにして、一枚一枚の葉に存在感を持たせたこと。銀杏の葉に命を吹き込んだとでも言いましょうか。

どちらも秋を彩るものとはいえ、稲葉と銀杏ではあまりにもちがうのでは、と思われるかもしれません。しかし、過去に多く詠まれてきた題材ではなく、生活感のあるもの、身近にあったものを歌に詠むことによって、新しい秋の世界を切り開いたことに共通するものがあります。

歌の詠まれた光景は、経信は横に、晶子は縦へと広がる動きですが、どちらも黄金色、ということに気がつきました。

古くて新しい「銀杏」

銀杏は、中国原産で古くから日本に定着しています。燃えにくいため防火にいいと、昔から寺社のまわりなどに植えられ、巨木としてシンボル的に扱われたりもしています。街路樹によく見られるようになったのは、関東大震災の経験などから、防災用にと植えられた経緯があるようです。

淡雪

降る雪の空に消《け》ぬべく恋《こ》ふ《う》れども
逢ふ《う》よしなしに月ぞ経《へ》にける

柿本人《かきのもとのひと》麻呂《まろ》 P234
『万葉集』巻十・二三三三
奈良時代

君かへ《え》す朝の舗石《しきいし》さくさくと
雪よ林檎《りんご》の香《か》のごとくふれ

北《きた》原《はら》白《はく》秋《しゅう》 P235
『桐の花』
一九一三（大正二）年

降る雪が空の途中で消えていってしまうように、消え入りたいほどに恋しい気持ちが募るけれど、逢う手立てがないままにひと月が過ぎてしまった。

〈降る雪の空に〉
「消ぬべく」を導き出す序《じょ》詞《ことば》

〈消ぬべく〉
「消《き》えぬべく」の古い言い方。「ぬべく」は、必ず～だろう、きっと～にちがいない

君を帰そうと見送る朝、
道路の敷石の上に雪が
降ってきて、君の足音
がさくさくと響く。雪
よ、りんごの香りのよ
うに降っておくれ。

〈さくさくと〉
雪が積もりかけた舗石を「さくさく」踏みしめる音と、りんごを「さくさく」かじる音が重なる

「雪を花と見まがう」とか、「雪明りを月の光だと思った」とか、風情のあるものとして「雪」が「月」や「花」と並べられるのはどうしてだろうと考えると、その〝白さ〟が理由の一つに挙げられるのではないでしょうか。

どれも白く見え、月なら満ち欠けし、花であれば咲き具合が変化するわけですが、雪は白さの点で際立っています。月は空に、花は地にあり、雪は天から地にという動きもあります。

万葉人にとっても雪はロマンチックなものだったようです。「降る雪の」は、柿本人麻呂作とされる歌（異説もあり）。この歌は、雪そのものを描写したのではありません。しかし、恋のために消え入りそうになっている自分を、降ってもすぐにあたりに吸い込まれてしまう雪と重ねていて、雪なしでは表現しきれない気持ちなのです。

雪は空から限りなく湧いてきて降り続く。見上げれば確かに落ちてくる。けれど、舞ってはどこかに散っていき、地面まで届かずにすーっと消えていってしまう。淡雪のようで、積もるというほどのものではない。そんな儚いものなのに、簡単にやむわけではない。そう、長く都のあった近畿地方では、積雪は多くはありませんでした。

雪はどうやって降るのだろうと昔の人は思っていたでしょうね。天気予報があるのでも、科学者が雪のしくみを教えてくれるのでもありませんから。同じように、恋のしくみも謎だったでしょう。どうやら、この恋はそれほど激しいものではなかったようです。そのうち消えてしまいそうな、淡雪みたいな恋――。結末は想像にお任せします、ということでしょうか。

北原白秋の「君かへす朝」は近代の後朝《きぬぎぬ》の歌と

もいえますが、「雪よ」と呼びかけるその情景を見ていきましょう。

恋は急激に高まったようです。ともに過ごした翌朝、恋人を送る舗石《しきいし》（敷石）の道。モダンな都市を感じます。そこに雪が降っている。雪は足元に多くはないけれど積もっている状態。

積もったということは、恋が一定のプロセスを経てきたことを表します。人麻呂の「積もらない雪」とは対照的です。

りんごというのも、歌のモチーフとしては新しいものでした。加えて、その白さ、甘酸っぱさ、かじったときの硬さとにじみ出てくる香味。降ってくる雪にりんごがとけ出していくよう。

三句「さくさくと」も気持ちのいい音で、二人の足音とりんごをかじる音が重なり合います。

足元から降る雪へと視線が上がっていく。りんごの香りの雪が二人を祝福する。白秋は福岡県南部（現在の柳川《やながわ》市）出身ですので、雪は珍しいものだったでしょう。雪の多い地域出身の歌人とは、そこはちがうかもしれません。

一九一〇（明治四十三）年、二十五歳の白秋は、この歌の「君」である、転居先の隣の人妻と恋に落ちました。のちに夫から訴えられ、白秋は姦通罪に問われて一時獄にありました。それはそれで歌人の人生と知っておいて、その事件とあまり結びつけないで、歌そのものを味わいたいものです。

雪が降り始めるとき、雪が積もっていくとき、雪がやんで白くなった光景を見るとき……。いろいろな雪の表情がありますが、雪の中にいると、時が止まったかのように感じることがあります。そこに歌が生まれるのかとも思うのです。

山ふかみ春とも知らぬ松の戸にたえだえかかる雪の玉《たま》水《みず》

式《しょく》子《し》内《ない》親《しん》王《のう》 P238

『新古今和歌集』三
鎌倉時代初期

山里は松の声のみききなれて風ふかぬ日は寂しかりけり

大《おお》田《た》垣《がき》蓮《れん》月《げつ》 P233

『海人の刈藻』
一八七〇（明治三）年

山深い場所なので、春の訪れもわからない、そんな庵の松の戸に、とぎれとぎれに落ちかかる雪解けの雫であるよ。

〈山ふかみ〉
山が深いので。名詞＋（を）＋形容詞の語幹＋み＝「〜が…なので」と訳す。「瀬をはやみ」「苫をあらみ」といった歌独特の表現

〈松の戸〉
松でできた粗末な戸

〈雪の玉水〉
雪解け水のしたたりを美しい玉にたとえた

愛読者カード

お買い求めの本の書名

お買い求めになった動機は何ですか？(複数回答可)

1. タイトルにひかれて　2. デザインが気に入ったから
3. 内容が良さそうだから　4. 人にすすめられて
5. 新聞・雑誌の広告で(掲載紙誌名　)
6. その他（　）

表紙　1. 良い　2. ふつう　3. 良くない
定価　1. 安い　2. ふつう　3. 高い

最近関心を持っていること、お読みになりたい本は？

本書に対するご意見・ご感想をお聞かせください

ご感想を広告等、書籍のPRに使わせていただいてもよろしいですか？

1. 実名で可　2. 匿名で可　3. 不可

ご協力ありがとうございました。
尚、ご提供いただきました情報は、個人情報を含まない統計的な資料の作成等に使用します。その他の利用について詳しくは、当社ホームページ https://publications.asahi.com/company/privacy/ をご覧下さい。

郵便はがき

おそれいりますが切手をお貼り下さい

104-8011

東京都中央区築地5-3-2

株式会社朝日新聞出版
生活・文化編集部 行

ご住所 〒 電話 （ ）		
ふりがな お名前		
Eメールアドレス		
ご職業	年齢 歳	性別 男・女

このたびは本書をご購読いただきありがとうございます。
今後の企画の参考にさせていただきますので、ご記入のうえ、ご返送下さい。
お送りいただいた方の中から抽選で毎月10名様に図書カードを差し上げます。
当選の発表は、発送をもってかえさせていただきます。

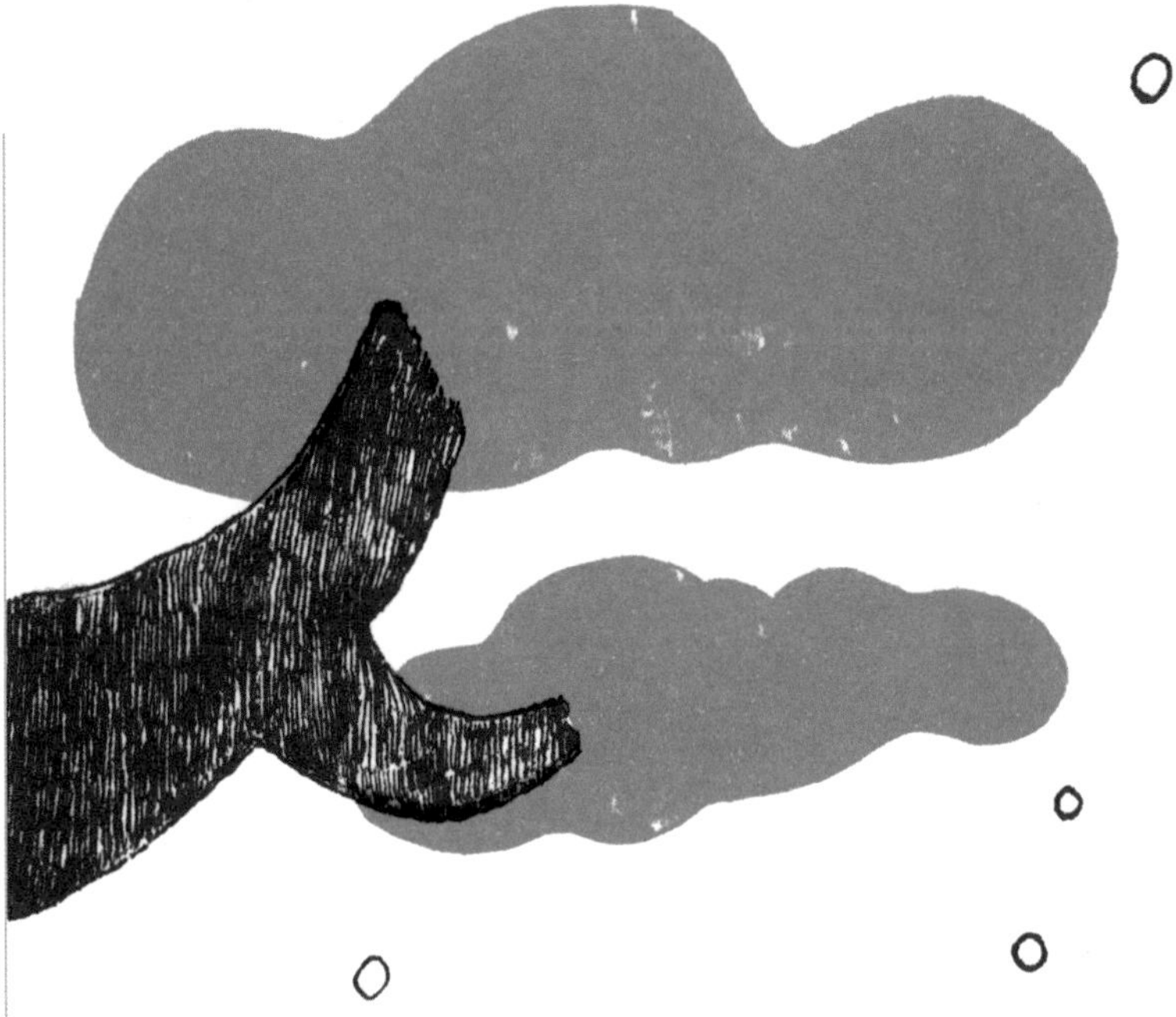

ひっそりと暮らす身は、風に吹かれる松の立てる音だけは聞き慣れているけれど、風の吹かない日はそれもなくて寂しい。

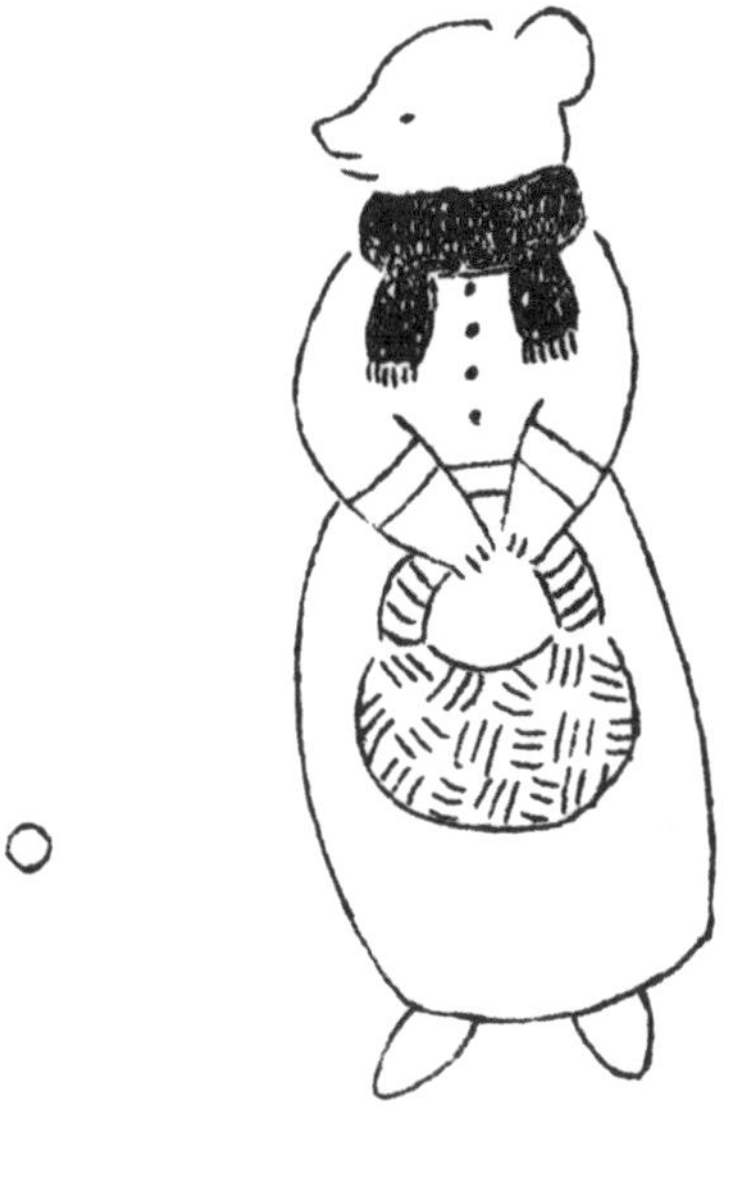

『徒然草』で兼好は、「文《ふみ》」（本、書かれたもの）を広げて「見ぬ世の人を友とする」ことが何よりの慰めだと述べています（第十三段）。身を置いている近くでなくとも、場所も時代も、言葉すらも超えたところの誰かと書物を通してつながることは、心の見晴らしをよくすること、そして、心を掘り下げることではないでしょうか。

現にこうして歌人たちをつなぐのも、そんな試みの一つかもしれません。歌人を通して、実はいろいろな人や時代と出会っているのだと思うことがあります。

「山ふかみ」は、遅い春を詠った歌。山深い場所で春ともまだわからないけれど、雪は溶けかかっていて、「玉水」がやわらかい春の光をたたえ、ぽたりぽたりと落ちていく。山里の春をここに見つけたのです。

式子内親王は後白河《ごしらかわ》天皇の皇女、源平合戦のきっかけともされる「宇治川の戦い」で、兄・以仁《もちひと》王《おう》を失いました。弟は高倉《たかくら》天皇、甥は後鳥羽《ごとば》天皇と、まさに王家の人ながら、賀茂の斎院《さいいん》をつとめたのちは病弱で引きこもった暮らしを送りました。藤原俊成《しゅんぜい》と定家《ていか》が歌の師であり、『新古今集』には四十九首が収められています。調べがよく、すーっと入ってきて難しさを感じさせないけれど、描かれる光景や情感は繊細で洗練されていて心に残り、味わい深いものがあります。

「山里は」の大田垣蓮月は、幕末から明治初期を生きた歌人です。松の立てる音には「松籟《しょうらい》」「松《しょう》韻《いん》」などの言葉もあって、松を渡る風の音は、人の心に響くものなのですね。風のないときがあると寂しいと詠いつつも、それもまた身にしみるものとして感じ入っているのではないでしょうか。

蓮月は生後すぐに京都・知恩院《ちおんいん》の坊官《ぼうかん》（寺侍《てらざむらい》）の養女になり、歌や書など諸芸で認められますが、

細《こま》やかに自然を描く

うすくこき野辺《のべ》の緑の若草に
跡までみゆる雪のむら消え

宮内卿《くないきょう》『新古今集』七六

春が兆す山里の変化を描き出す、夭折の歌人・宮内卿の代表歌です。「うすくこき」という反対を意味する形容詞の取り合わせで始まる大胆さ。野辺に生えた若草には、まだらなところや密になったところがあり、葉の色の濃淡、その形もさまざま。そこから、雪の消え方にむらがあったことが見て取れるというのです。観念的ともされ、絵のようなとも言われます。十代の少女歌人だった宮内卿を見いだしたのは、後鳥羽院でした。式子内親王や蓮月が細やかに水や音をとらえたように、この歌の言葉の一つひとつにも、宮内卿の感性が確かに刻まれています。

最初の夫と離婚、再婚した相手も亡くなり三十三歳で剃髪し、間もなくして娘や養父を失います。生活のために、京都・岡崎で和歌を書き付けた自作の陶器を商います。「蓮月焼」と呼ばれ、愛好者も多かったそう。その後も京都で転居を繰り返し、最晩年には西賀茂に隠棲しました。歌はこの頃のものです。

生涯で交際があった人として、香川景樹《かがわかげき》、野村《のむら》望東尼《もとに》、橘曙覧《たちばなあけみ》、富岡鉄斎《とみおかてっさい》といったそうそうたる名前が挙がります。彼らの年代も立場も実にさまざまなことからも、何事にもとらわれない境地を感じさせます。

式子内親王は平安から鎌倉時代、大田垣蓮月は江戸から明治時代と、世の大きな変転を身に受けながら、独りを静かに詠って生きた二人です。

日本最古の歌集

万《まん》葉《よう》集《しゅう》

成立
八世紀後半（奈良時代後期）

編者
大伴家持《おおとものやかもち》他

代表する歌人
舒明《じょめい》天皇、有間皇子《ありまのみこ》、額田王《ぬかたのおおきみ》、
柿本人麻呂《かきのもとのひとまろ》、大津皇子《おおつのみこ》、山部赤人《やまべのあかひと》、
大伴旅人《おおとものたびと》、山上憶良《やまのうえのおくら》、大伴家持

構成
全二十巻・約四五〇〇首
（長歌《ちょうか》約二七〇首・旋頭歌《せどうか》約六〇首・仏足石歌《ぶっそくせきか》一首・短歌約四一七〇首）

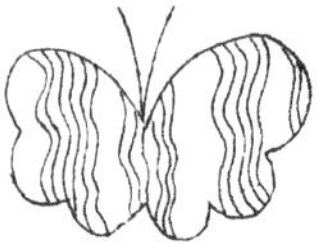

書名の由来は諸説あるが、「万《よろず》の言《こと》の葉《は》（言葉）」を集めた（多くの歌を集めた）からともいわれる。天皇・皇族から一般庶民まで、身分や住む地域もさまざまな作者による和歌を収める。基本の部立《ぶだて》（部類分け）は、「相聞《そうもん》」「挽歌《ばんか》」「雑歌《ぞうか》」。表音文字である「万葉仮名《まんようがな》」が用いられ、全て漢字で表記される。

歌の時代は大きく四期に分けられ、第一期は、おもに額田王《ぬかたのおおきみ》ら皇室関係者。第二期には、柿本人麻呂《かきのもとのひとまろ》ら宮廷歌人が加わり、長歌の形式が確立。第三期の中心は山部赤人《やまべのあかひと》、大伴旅人《おおとものたびと》、山上憶良《やまのうえのおくら》らで、個性化・多様化が進む。第四期の代表歌人は大伴家持《おおとものやかもち》。繊細で技巧的な歌が増え、短歌が主流となる。編者は複数とされ、最終段階に大伴家持が関わった。

熟田津《にきたつ》に船《ふな》乗りせむと月待てば
潮《しお》もかなひぬ今は漕ぎ出《い》でな ［額田王］

歌意 熟田津で船に乗ろうとして月の出を待っていると、潮の流れもちょうどよくなった。今こそ漕ぎ出そう。

解説 筑紫に向けての船出、熟田津は愛媛県道後温泉のあたり

家《いえ》にあれば笥《け》に盛る飯《いひ》を草枕《くさまくら》
旅にしあれば椎《しい》の葉に盛る ［有間皇子］

歌意 家にいるときは器に盛ってお供えする飯なのだが、旅にあるこの身なので、椎の葉に盛るのだなあ。

解説 「笥《け》」は、食物を盛る器。皇子は謀反の疑いで囚われの身

采女《うねめ》の袖吹きかへす明日香《あすか》風
都を遠《とお》みいたづらに吹く ［志貴皇子《しきのみこ》］

歌意 采女の袖をひるがえした明日香の風。都が遠くなったので今はただ、むなしく吹いているよ。

解説 「采女」は、諸国から朝廷に集められた美しい女性たち

近江《おうみ》の海夕波千鳥《ゆうなみちどり》汝《な》が鳴けば
心もしのに古思《いにしえ》ほゆ ［柿本人麻呂］

歌意 近江の海（琵琶湖）の夕方に、波間でたわむれる千鳥よ。そんなに鳴くと心も寂しくて、昔が偲《しの》ばれてならない。

解説 六六七～六七二年、琵琶湖の近くに大津宮《おおつのみや》がおかれた

あをによし奈良の都は咲く花の
薫《にお》ふがごとく今盛りなり ［小野老《おののおゆ》］

歌意 奈良の都は咲く花がにおうように照り映えて、今まっ盛りなのですよ。

解説 「あをによし」は「奈良」の枕詞。青い土を産したため

世の中を憂《う》しと恥《やさ》しと思へども
飛び立ちかねつ鳥にしあらねば ［山上憶良］

歌意 世の中はつらかったり耐えがたかったりするけれど、飛び立ってしまうわけにもいかない。鳥ではないから。

解説 「貧窮問答歌《ひんきゅうもんどうか》」に感想として添えられた短歌

若《わか》の浦《うら》に潮満ちくれば潟《かた》をなみ
葦辺《あしべ》をさして鶴《たづ》鳴き渡る ［山部赤人］

歌意 若の浦に潮が満ちてくると干潟がなくなるので、葦の生えている岸のほうに向かって、鶴が鳴き渡っていくなあ。

解説 若の浦は、和歌浦湾《わかのうら》（和歌山県）の東にあった景勝地

朝床《あさどこ》に聞けば遥《はる》けし射水川《いみずがわ》
朝漕ぎしつつ唄ふ舟人《ふなびと》 ［大伴家持］

歌意 朝の寝床で聞いていると、はるか遠くだなあ。射水川で朝、船を漕ぎながら舟人が唄っているのが。

解説 射水川の流れる越中国（富山県）は家持の赴任地だった

後世に残る「歌の教科書」

古今和歌集《こきんわかしゅう》

成立
九〇五年（平安時代前期）

撰者・編者
紀友則《きのとものり》、紀貫之《きのつらゆき》、凡河内躬恒《おおしこうちのみつね》、壬生忠岑《みぶのただみね》

代表する歌人
六歌仙《ろっかせん》（僧正遍照《そうじょうへんじょう》、在原業平《ありわらのなりひら》、文屋康秀《ふんやのやすひで》、喜撰《きせん》、小野小町《おののこまち》、大友黒主《おおとものくろぬし》）、
撰者の四人

構成
全二十巻・和歌約一一〇〇首
（長歌《ちょうか》五首・旋頭歌《せどうか》四首・その他全て短歌）

花の色は移りにけりないたづらに
わが身世にふるながめせしまに［小野小町］

歌意 花の色はあせてしまいました。この世で過ごすうちにむなしくときが経って、花を濡らす長雨《ながあめ》をぼんやりと眺めて物思いをしている間に。

「古」は『万葉集』以後の古い時代を、「今」は撰者たちの時代を表し、古歌《こか》と今の歌を集めた歌集、という意味。醍醐《だいご》天皇の勅命により、最初の勅撰和歌集として編纂された。部立《ぶだて》は「春」「夏」「秋」「冬」「離別」「羈旅《きりょ》」「恋」「哀傷」「雑《ぞう》」など十三の主題に分けられ、のちの勅撰集の原型になった。巻頭に紀貫之が仮名文字で書いた序文「仮名序《かなじょ》」が付けられている。

歌風は三期に分けられる。第一期の歌は、おおらかな万葉調を留める。第二期は八世紀後半の「六歌仙」が中心。縁語《えんご》・掛詞《かけことば》が多用されるようになる。第三期の中心は、紀貫之ら『古今集』撰者。歌は理知的・技巧的になり、『古今集』の歌風が完成する。

独自の美の境地を拓く

新《しん》古《こ》今《きん》和《わ》歌《か》集《しゅう》

成立
一二〇五年（鎌倉時代初期）

撰者・編者
藤原定家《ふじわらのていか》 他五人

代表する歌人
西行《さいぎょう》、慈円《じえん》、藤原良経《ふじわらのよしつね》、藤原俊成《ふじわらのしゅんぜい》、式子内親王《しょくしないしんのう》、藤原定家、藤原家隆《ふじわらのいえたか》、後鳥羽院《ごとばいん》

構成
全二十巻・和歌約二〇〇〇首（全て短歌）

玉の緒よ絶えなば絶えねながらへば
忍ぶることのよわりもぞする［式子内親王］

歌意 私の儚い命よ、途絶えるものなら途絶えていいのです。このまま生きながらえるならば、忍んでいる気持ちが弱ってしまって困りますから。

古《いにしえ》から今に至る歌で、他の勅撰集に入らない歌を新たに集めた歌集、という意味。後鳥羽院の勅命により、八番目の勅撰集として編纂された。部立は「春」「夏」「秋」「冬」「哀傷」「離別」「羈旅」「恋」「雑」など。『古今集』と同じく、季節は四季の推移に、恋の歌は恋の進行や心理の変化に応じて配列され、歌集全体でも高い芸術性を誇る。

歌風は、当時の歌壇を率いた後鳥羽院が、撰者である藤原定家とその父・俊成を支持したことから、俊成・定家の理念が中心となっている。俊成は、「あはれ」「艶《えん》」などの美を含んだ「幽玄《ゆうげん》」を主張。歌には、余韻を深める体言止めや、歌に重層性を持たせる「本歌《ほんか》取《ど》り」の技法も多く用いられている。

定家が京都・小倉山の山荘で選んだ

小倉《おぐら》百《ひゃく》人《にん》一首《いっしゅ》

成立 一二三五年

撰者 藤原定家

百人の歌人から一首ずつ、計百首の歌を集めたもの。定家が宇都宮頼綱《うつのみやよりつな》（定家の子・為家《ためいえ》の妻の父）から依頼され、頼綱の別荘の襖《ふすま》に貼る色紙のために書いたという。

時代は飛鳥時代から鎌倉時代にかけて約六百年にわたり、詠まれた時代順に並べられる。いずれも勅撰集に収められた歌。「恋」の歌が最も多く四十三首で、「秋」の十六首がこれに次ぐ。

旅の人・西行の私家集

山《さん》家《か》集《しゅう》

成立 十二世紀末頃

作者 西行

漂泊の歌人・西行の歌、約一五六〇首を収める。西行は当時の歌壇に属さず、諸国を遍歴して歌を詠み続けた。自然への愛・感動を素直に詠んだ、自由で抒情的な歌が特徴。題材は花鳥風月、中でも花と月を愛でた。

将軍・源実朝の私家集

金《きん》槐《かい》和《わ》歌《か》集《しゅう》

成立 一二一三年頃

作者 源実朝《みなもとのさねとも》

鎌倉幕府三代将軍・源実朝の歌、六三三首（異本あり）を収めた私家集。藤原定家から指導を受け、新古今調の歌が主で、本歌取りも多く見られる。なかには万葉調の力強い歌もあり、近代以降、正岡子規に高く評価された。

うたまくら

万葉の時代から、うたには地名（おもに景勝地）がさまざまに詠み込まれました。詠まれた場所は「歌枕《うたまくら》」と呼ばれて、時代を超えて歌い継がれてきました。

白鳥《しらとり》

名にし負は《わ》ばいざこととは《わ》む《ん》都鳥《みやこどり》
わが思ふ《う》人はありやなしやと

在原業平《ありわらのなりひら》
『古今和歌集』四一一 P224
平安時代前期

「都」にゆかりの名を持つ都鳥よ、お前に聞こう。懐かしい私の想い人は元気でいるのかどうか。

〈名にし負はば〉
名として持っているなら
〈都鳥〉ゆりかもめ
〈あり〉
生きている、無事である

白鳥《しらとり》は哀《かな》しからずや
空の青《あお》海のあを《お》にも染まずただよふ《う》

若山牧水《わかやまぼくすい》 P230
『海の声』
一九〇八（明治四十一）年

白鳥は哀しくないのだろうか、空の「青」にも海の「あを」にも染まらずに飛んでいる。

〈哀しからずや〉
哀しくないのだろうか。
「や」は疑問、または反語

在原業平の生きた時代は九世紀（生没年八二五〜八八〇）。『古今集』の成立（九〇五年頃）前夜といった感があります。漢詩が優先された時代に、業平は和歌を盛んに詠み、『伊勢物語』では東下《あずまくだ》り（関東地方への旅）をしています。立身出世に背を向けて都を離れ、仕事とは縁のない漂泊の旅を続けて、さまざまな恋愛経験を積む。ほかの人にはできないようなことができた特別な身分でもあったわけですが、生まれとか立場とかそういうものから自らを遠ざけて、業平は一人の歌詠みであろうとしたのではないかと思えます。

業平一行が武蔵国《むさしのくに》と下総国《しもうさのくに》の境の隅田川のほとりに立ったとき、ずいぶん遠くに来たものだと京の都が恋しくなります。日が暮れるからと渡守《わたしもり》に急かされて船に乗ると、白くて嘴《くちばし》と脚が赤い、見たことのない鳥がいます。名を問うと、「これなむみやこどり」（これが都鳥）と言う。「都」にゆかりの名となったらますます気になって、都鳥に向かって尋ねたくなります。懐かしい「わが思ふ人」は元気でいるのかどうか、と。

「いざこととはむ」と二句で切れ、三句「都鳥」とまた切れて、下の句（四句、五句）が流れるような問いかけの言葉になっています。三句にぽつんとある「都鳥」が実によく効いていて、目の前の鳥を指しながら、都を思う寂しい旅人たちが重ねられています。そもそもは都から来た旅人たちが「都鳥」でもあって、尋ねた鳥に人間がのりうつって語るような、隠れた言葉のしかけとも読み取れます。

旅の人・若山牧水は青春のさなかの頃、白鳥《しらとり》に呼びかけています。白鳥は哀しくないのだろうか、空の「青」にも海の「あを」にも染まらずに白い姿で飛んでいる。「ただよふ」とありますから、目標に向かってまっすぐ飛んでいくのではなく、さまようように風に身をまかせていて、行方は定かではありません。けれども、どちらの青（あを）に溶けてしまうこともない。溶けようにもどうにも溶けられない白鳥なのです。

中学・高校の国語教科書では、青春の孤独などと鑑賞されたりしますし、恋のただなかにあって、あてどのない気持ちと、そこから湧き上がる究極の寂しさを白鳥に託したということでもあるようです。読む人の状況によって、恋はありでもなしでもいいのかもしれません。

業平の歌は「都鳥」という珍しいご当地ものが歌を導いたのですが、牧水の「白鳥」は海辺を飛ぶ白い鳥で、固有の名はありません。場所もどこだって構わない。歌からもたらされる幾重にも感じられる変化に富んだ青の記憶が、実際にどこかの海を眺めたときに思い起こされたりもします。

旅に出たくなって、旅で歌が生まれ、旅によって歌の心がいっそう醸成されていく。牧水の歌と人生は旅なくしてはありえず、業平もまた貴族社会という世間から離れることで、歌の世界を築きました。鳥に身と心を預けた、古今の吟遊詩人たちなのです。

ゆりかもめと団子

業平は、『伊勢物語』の主人公である「昔《むかし》男《おとこ》」のモデルとしても知られています。隅田川を訪れたらぜひ、「これなむ都鳥（ゆりかもめ）」と言ってみてください。また、東京・向島《むこうじま》（東京スカイツリー周辺）のご当地土産「言問団子《こととい だんご》」の名前は、「いざこととはむ」がルーツです。

多摩川にさらす手作りさらさらに
何《なに》そこの子のここだかなしき

東歌《あずまうた》
『万葉集』巻十四・三三七三
奈良時代

多摩川に手織りの布をさらさらとさらすように、さらにさらに、どうしてこの子がこんなにも愛おしいのだろう。

〈さらす手作り〉
手織りの布を川にさらして白くする。「さらさらに」を引き出す序詞《じょことば》

〈さらさらに〉
川の水の流れと、布を「さらす」作業が重なる

〈かなし〉
身にしみるようないとしさ。漢字表記は「愛し」

多摩川の清く冷たくやは《わ》らかき
水のこころを誰に語らむ《ん》

岡本かの子 P234
『かろきねたみ』
一九一二（大正元）年

〈誰に語らむ〉
誰に語ろう。「む」は意志を表す助動詞

人間は「どこか」で生まれ、「どこか」に居ながら生きていくもので、土地や場所との結びつきを抜きにして過ごすことはない、と言ってもいいでしょう。その場に居ながらにして世界中とのやり取りが可能な時代に生きる私たちは、しばしばそのことを忘れそうになりますが、この身が「どこか」にあることに変わりはありません。『万葉集』の時代から、歌に地名がさまざまに詠み込まれてきたのは、根源的なことなのです。

歌に詠まれた名所は「歌枕」と呼ばれ、時代を超えて歌い継がれていきます。

歌枕は、都のあった奈良や京都をはじめ、都に近い滋賀・兵庫など近畿圏に多いのですが、東国（現在の長野県・静岡県以東）の人々が詠んだ「東歌《あずまうた》」は『万葉集』巻十四に収められ、現在の埼玉・東京・神奈川にあたる武蔵国《むさしのくに》の歌もあります。

多摩川の下流域は、東京都と神奈川県の境を流れ、東京湾に注ぎます。「調布《ちょうふ》」という地名にもあるように、多摩川の周辺は絹や麻といった布の産地として知られます。「多摩川にさらす手作り」とは布を白くするために川で洗う作業のこと。手作業によって作られた上質な布は、「調《ちょう》（各地方で生産される布などの特産品）」という税金として納めなくてはなりませんでした。冷たい水に何度も布をさらすつらい仕事です。そんな仕事をする娘たちをいとおしく感じる気持ちを詠っています。

三句「さらさらに」は、「かなし（いとしさ）」を強めるとともに、川の水の流れとその音にもふさわしい言葉です。「かなし」は「愛し」と表される語で、身にしみるような愛しさとでも言ったらいいでしょうか。そこに、川で布をさらす作業が繰り返され、娘たちの白い手によって布が白く洗われていく様子が重なります。布をさらす仕事のときに謡われた歌が伝わったという見方もあります。

さて、一八八九（明治二十二）年に生まれ、東京・二子玉川で幼少期を過ごした岡本かの子にとっての多摩川は、幼い頃から親しんだであろう、ふるさとの川でした。しかし、かの子にとっての川は、生活を通して何らかの実感がもたらされるものではなく、また、誰かとの共同作業の中で安らぎを覚えるものでもなかったようです。

「清く冷たく」そして「やわらかき」ものとして抽象的に、突き放したようにかの子は多摩川をとらえています。ただ、「やわらかき」という表現からは、川の水は容赦なく彼女の中に流れ込み、彼女のやわらかい感性を放っておかないのだ、という気もしてきます。

かの子が歌を詠み始めたのは十代の頃。二十代で画家（のちに漫画家）・岡本一平《いっぺい》と結婚しますが、やがて彼女の愛人も同居するという結婚生活を送ります。その後、一人息子の太郎（のちの画家・岡本太郎）も連れて家族で渡欧し、帰国後は小説家として活躍しました。歌とは訣別したかのようでしたが、その根底には歌があったと評されています。

歌の末尾「誰に語らむ」の「む」は、意志を表す助動詞。誰に語ろう、と言い換えるのでよいと思いますが、あてどのないような、遠くに思いを向ける感じが込められています。「水のこころ」とは、万葉の時代から、いやもっと前から、流れ続けているのかもしれません。

陸奥《みちのく》はいづくはあれど
塩釜《しおがま》の浦こぐ舟の綱《つな》手《で》かなしも

東歌《あずまうた》

『古今和歌集』一〇八八
平安時代前期

みちのくのどこだってそうだが、その中でもとりわけ、塩釜の浦を進む舟が綱に引かれていくのが、なんだか愛しくてたまらないよ。

〈陸奥〉

現在の青森、岩手、宮城、福島の地域（山形を入れることも）。「みちのおく」からくる言葉

〈綱手かなしも〉

舟が綱に引かれていく様子（綱手）が、愛おしく心が打たれる。源実朝《さねとも》の歌「世の中は常にもがもな渚こぐあまの小舟の綱手かなしも」（『金槐和歌集』）は、この歌の本歌《ほんかど》取り

松島や雄島《おじま》の磯《いそ》にあさりせし
海人《あま》の袖こそかくは濡れしか

源《みなもとの》重《しげ》之《ゆき》 P242
『後拾遺和歌集』八二七
平安時代中期

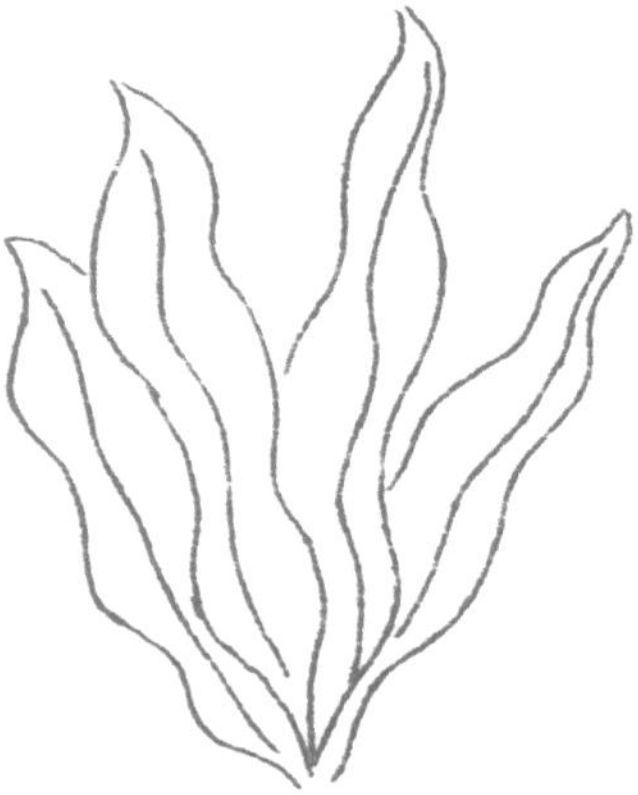

松島のどこかの島の磯で漁をした海女《あま》の着物の袖くらいでしょう、（恋のために流した涙で）これほどに濡れたのは。

〈海人の袖〉

「海人」は、漁をして暮らす人。百人一首にもある殷富門院大輔《いんぷもんいんのたいふ》の歌「見せばやな雄島の海人の袖だにも濡れにぞ濡れし色はかはらず」（『千載集』）は、この歌の本歌取り

『古今集』の東歌《あずまうた》にある歌です。陸奥のいいところは数多《あまた》あるけれど、歌人にとっては「ここが一番」という気持ちが見えてきます。東北の景勝地・塩釜の海辺の近くを移動する小舟を、浜のほうから引き綱で導いていく光景です。

一日の仕事の終わりでしょうか。漁から戻ってきて、漕ぐ人と浜から綱を引く人が息を合わせて舟を動かしていく。いかにも日常的な場面で、おそらく最初にその地で見いだして詠んだ人がいるのでしょう。「綱手《つなで》かなしも」という感慨が加わり、紀行番組の一コマを見るような味わいもあります。塩釜の豊かな海と緑に囲まれて、暮らしの営みが静かに続いていく。

塩釜といえば、京で六条河原院《ろくじょうかわらのいん》という豪邸を営んだ源融《みなもとのとおる》が自邸の庭に大量の海水を難波江《なにわえ》(大阪湾)から運ばせ、塩釜を模して汐《しお》くみを行ったといいます。汐くみは塩づくりのためにする庶民の仕事です。海水をくんで焼いてと、複雑で辛抱のいる工程を繰り返して、貴重な塩ができ上がります。源融は嵯峨《さが》天皇の皇子で源氏の姓を与えられ、河原左大臣と呼ばれました。まさに大規模な文化的パフォーマンスで経済力あってのことですが、自ら汐くみをしたという伝説もあって、ただのお金持ちではありません。

塩釜という名所に憧れ、都に異空間をつくる。人を招いて宴会をする。音曲《おんぎょく》も取り入れたのではないでしょうか。汐くみという、自分の生き方とかけ離れた者を演じる、風流のきわみ。在原業平も河原院に寄ったらしく、ここに塩釜がある、と感激しています。

源融の歌は『伊勢物語』初段にもあり、融の陸奥への思い入れがこの歌からもわかります。

陸奥《みちのく》のしのぶもぢずりたれゆゑに
乱れそめにしわれならなくに

――陸奥特産の布「信夫《しの ぶ》もじ摺《ず》り」の乱れ模様のように、誰のせいで心が乱れ始めてしまったのでしょう。私ではなく、あなたのせいなのですよ

本人が行ったことがなくても歌枕は詠まれますが、源重之は地方の赴任が多く、東北の地を実際に歩いた人です。陸奥守《むつのかみ》となった藤原実方《さねかた》に随行し（十世紀末）、最後は陸奥で没しました。他の土地についても、住んだり通ったりした地名を詠んでいます。清和《せいわ》天皇の皇子の孫、という立場でも身分は高くなく、歌に打ち込んだ人であったようです。

「松島や」は、多くの島々の散らばるあの松島。続く「雄島《おじま》」はひときわ大きい島で、松島湾の歌枕です。雄島と決めなくても、どこか一つの島を思い描いてもいいかもしれません。「松島や雄島の」とすることで、島の向こうに島が見える、松島湾独特の光景が思い浮かびます。

恋のために涙した自分の袖と比べられるのは、雄島で漁をした海人《あま》の袖くらいのもの。それほどに涙したというのです。女性の立場になって詠んでいることからも、「海人」は磯で海産物をとって暮らす海女《あま》をイメージするのがよさそうです。「恋」も「涙」も用いずに、「あさりせし海人の袖」と「濡れしか」で、つらい恋を十分に感じさせるというのは、松島、雄島という陸奥の地名の効果もあるのではないでしょうか。

この二首は後年、本歌取り《ほんかど》（源実朝《さねとも》、殷富門院大輔《いんぶもんいんのたいふ》の歌。P139参照）により、また新たな歌の世界が開かれました。歌が歌を呼ぶのです。

箱根路《はこねじ》をわが越えくれば伊豆の海や
沖の小島に波の寄る見ゆ

源《みなもとの》　実朝《さねとも》 P242

『金槐和歌集』
鎌倉時代前期

海恋し潮《しお》の遠鳴りかぞへ《え》ては
少女《おとめ》となりし父母《ちちはは》の家

与謝野晶子《よさのあきこ》 P229

『恋衣』
一九〇五（明治三十八）年

箱根の山路を越えてくると伊豆の海だ。沖には小島があって波が打ち寄せているのが見えるよ。

〈や〉
「の」と同義。詠嘆の意味が込められている

〈沖の小島〉
初島《はつしま》（静岡県熱海市）のこと

ふるさとの海が恋しい。遠くから聞こえる潮鳴りを数えては、少女から娘へと育った父母の家よ。

いのちなき砂のかなしさよ
さらさらと
握れば指のあひ《い》だより落つ

石川《いしかわ》啄木《たくぼく》 P231
『一握の砂』
一九一〇（明治四十三）年

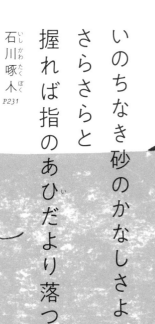

当時の和歌の世界では、行ったことがなくても地名を歌に詠み込むことがよくありました。その中で源実朝は、実際に東国の海と山とを足でたどった、稀有な歌人といえるでしょう。都に憧れて文化的な生活を望む本心と、鎌倉で政治的な重い使命を担う立場には大きな開きがありましたが、一方で、東国の実景を知る者として歌に言葉を刻むことができたのですから、本人もあずかり知らぬところでの幸いだったのではないでしょうか。

箱根権現と伊豆山《いずさん》権現（現在の箱根神社と伊豆山神社）は、鎌倉幕府を開いた父・頼朝がこの二社を二所《にしょ》権現として信奉したことに始まります。それにならって、実朝がこの地を訪れたときに詠んだとされています。

険しい山路を登ってきたのですね。そこに広々と視界が開けて、これから向かう伊豆の海がある。ただ、そこに小さな島を見いだすのが実朝という人。ああ、島が見えたと指さすような、素直な驚きの感覚です。大海に挑むのではなく、ポツンと離れた沖の島に目がいってしまう。三句「伊豆の海や」の字余りによって上の句の流れがせきとめられて、小さな島の寂しさと歌人が重なる。自分の立ち位置のようなものを、どうしてこの人はこうもわかっているのだろうと思います。

与謝野晶子が詠んだのは、実家のあった大阪府堺市の近く、大阪湾に面したふるさとの海（「高師《たかし》の浜」と呼ばれたあたり）です。「かぞえては」の「は」が強意の助詞で反復を表しますから、生まれてから少女時代へと至る、時の経過を感じさせます。「少女となりし」の「し」は経験の過去で、確かな晶子の記憶がよみがえっているのです。

晶子は、この歌の前年に父親を失いました。ですから、気軽に帰ることのできる父母の家は、もうないのです。歌人として活躍し始め、鉄幹との東京での結婚生活も落ち着いてきた。そんなときに海に近い実家が、なにものにも代えがたい懐かしいものとして立ち現れた。初句「海恋し」が生きてきますね。ふるさとは遠くになってしまった。「潮鳴り」の語が聴覚の表現であるのはもちろんですが、潮の香《か》まで運んでくるような身体感覚をもたらします。

では、同じく故郷に帰れなかった人、石川啄木にとっての海とは。「いのちなき」の歌は、東京朝日新聞の仕事を得て本郷《ほんごう》（東京都文京区）に住んだ、一九一〇（明治四十三）年に、雑誌「スバル」に発表されました。この海はそれより三年余り前、ふるさとを出て、友人の援助により北海道の函館に住んだときにたびたび訪れた大森浜だといいます。母や妻子と離れての函館行きでした。

「いのちなき砂」なんて、啄木以外いったい誰がこのような言葉を紡ぎだすでしょう。それがまた「さらさらと」落ちていく。砂の音であり、指の感覚であり、「かなしさ」の発する声でもある。

自分の身が砂のように粉々にされたのか。自分が生きてきたこと、愛するものたち、それらがみんな指からこぼれてしまったのか。

この歌が海を背景にしていると知らないで味わうとすると、どうでしょうか。砂場とかそんなところとか。

どうもそうとは思えないのです。砂場のような仕切られた場では決してない。海という説明もいらない。無限に、白っぽい砂粒が歌人のまわりにあって、一粒一粒に哀惜の思いが込められているのです。

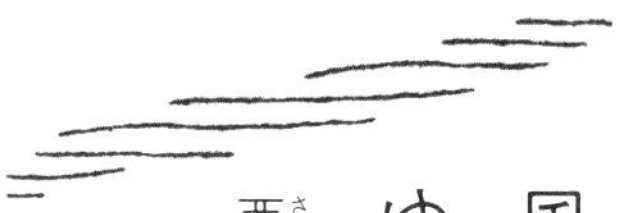

風になびく富士のけぶりの空に消えて
ゆくへ《え》も知らぬわが思ひ《い》かな

西行《さいぎょう》 P228

『新古今和歌集』一六一三
鎌倉時代初期

富士山の頂《いただき》のけむりが風になびいて空に消えてゆくように、ゆくえのわからない自分の思いと人生であるよ。

〈けぶり〉煙。富士の噴煙
〈思ひ〉「ひ」と「火」の掛詞

季節をわきまえない富士山の裾野に咲く卯の花が、舞い降りてきた雪のように見えますよ。

時知らぬ富士の裾野《すその》の卯《う》の花を
こぼれてきたる雪かとぞ見る

阿仏尼《あぶつに》 P232
『夫木和歌抄』鎌倉時代後期

山々が迫ってくる緑の中を過ぎると、湖（西湖《さいこ》）が静かに目を開いた。

山山の迫れるもとをすぐるとき
湖《うみ》はしづかに眼をひらきけり

前田夕暮《まえだゆうぐれ》 P241
『深林』一九一六（大正五）年

「風になびく」は、一一八六年、晩年の西行が東北に赴いた際に詠んだとされています。平重衡《たいらのしげひら》によって焼かれた（南都焼討《なんとやきうち》）東大寺大仏の再建のための寄進《きしん》を求めて、奥州平泉《おうしゅうひらいずみ》の藤原氏のもとに向かったのです。

「けぶり（煙）」や「思ひ（火）」という「富士」にまつわる定番の言葉を用いていますが、その「思ひ」には人生を内省しての思いのたけが込められているようです。源平の合戦という乱世に入りつつある時代、周囲の人々にも思いもかけなかった運命が待ち受けていました。

旅といえば、十三世紀後半に鎌倉に単身で下った阿仏尼も忘れられません。

藤原定家《ていか》の後を継いだ為家《ためいえ》に、後添《のちぞ》えのような年の離れた愛人ができました。『源氏物語』の書写の手伝いがきっかけだったといいます。その人が阿仏尼と呼ばれるのですが、為家が亡くなると、先妻（宇都宮頼綱女《うつのみやよりつなのむすめ》）の子の為氏《ためうじ》と自分の息子・為相《ためすけ》の間に、土地の相続問題が起きます。阿仏尼はその訴訟のため東に向かい、鎌倉で暮らします。それを記したのが『十六夜《いざよい》日記』です。歌の家（俊《しゅん》成《ぜい》・定家と代々続く、歌道の名門）を盛りたてるべく奔走し、主婦として母として、また一人の歌人として、文化的な交わりや、子どもや親戚への気配りを怠らない様子が語られます。歌道と経済問題のために行動したことは、彼女が特別というよりは、鎌倉女性の実務的な能力を表すものでもあります。

阿仏尼の富士の歌は「時知らぬ」が初句で、在原業平の歌を踏まえている点では新しさはあまり感じられません。ですが、裾野《すその》の卯《う》の花を雪に見たてて、それが富士から降ってきたみたいだとは、調べも感覚も自然体でいいなあと思います。

こののちの時代には和歌はもちろん、紀行文、能や歌舞伎、俳句、近現代の小説など、さまざまな文芸に、富士は多くとられる題材となっていきます。どこから見たかもバラエティに富んできますし、富士山観光も盛んになって、マンネリ化を免れません。各地のカルデラ式の山は「〇〇富士」と呼ばれ、「富士見」といった町名もあちこちに生まれ、小さな富士が庭園や寺の敷地に造られ、にぎやかなこと、この上ありません。

前田夕暮の歌は、一九一四（大正三）年の旅で、「富士山麓《さんろく》の歌」連作として詠まれました。河口湖を舟で行った先に、山が迫るあいだを抜け、西湖《さいこ》と出会いました。実際にその地を歩いたのでなければつかめないような身体感覚があります。次々と迫ってくる山を、背負うように分け入るように、息苦しいほどの緑の中を進んでいくと、こつぜんと静謐《せいひつ》な水面を湛《たた》える湖が現れたのです。「眼をひらきけり」が何を表すのかということは、それぞれの想像におまかせしましょう。

古代・中世の「和歌」から近代の「短歌」への道のりにずっと寄り添ってきた、富士とはなんと懐が深くて広い存在なのでしょうか。

時知らぬ山

時知らぬ山は富士の嶺《ね》いつとてか
鹿《か》の子《こ》まだらに雪の降るらむ

在原業平『伊勢物語』九段

――季節をわきまえない山は富士の山だ。いつだと思って子鹿のようなまだら模様に雪が降っているのだろう

阿仏尼が本歌取りをした歌です。旧暦五月下旬（現在の七月）のことで、夏だというのに雪がこんなに残っていて、と驚きの気持ちが表されています。

志賀《しが》の浦や遠ざかり行《ゆ》く波間より
凍《こお》りて出《い》づる有明《ありあけ》の月

藤原家隆《ふじわらのいえたか》 P240
『新古今和歌集』六三九
鎌倉時代初期

琵琶湖では、岸から凍って波が遠くなっていく。その波間から、凍ったように出てくる有明の月であるよ。

〈志賀の浦〉琵琶湖
〈有明の月〉夜更けに昇ってきて、夜が明けてもまだ空に有る（残る）月のこと。満月を過ぎた、十六夜《いざよい》以降の月

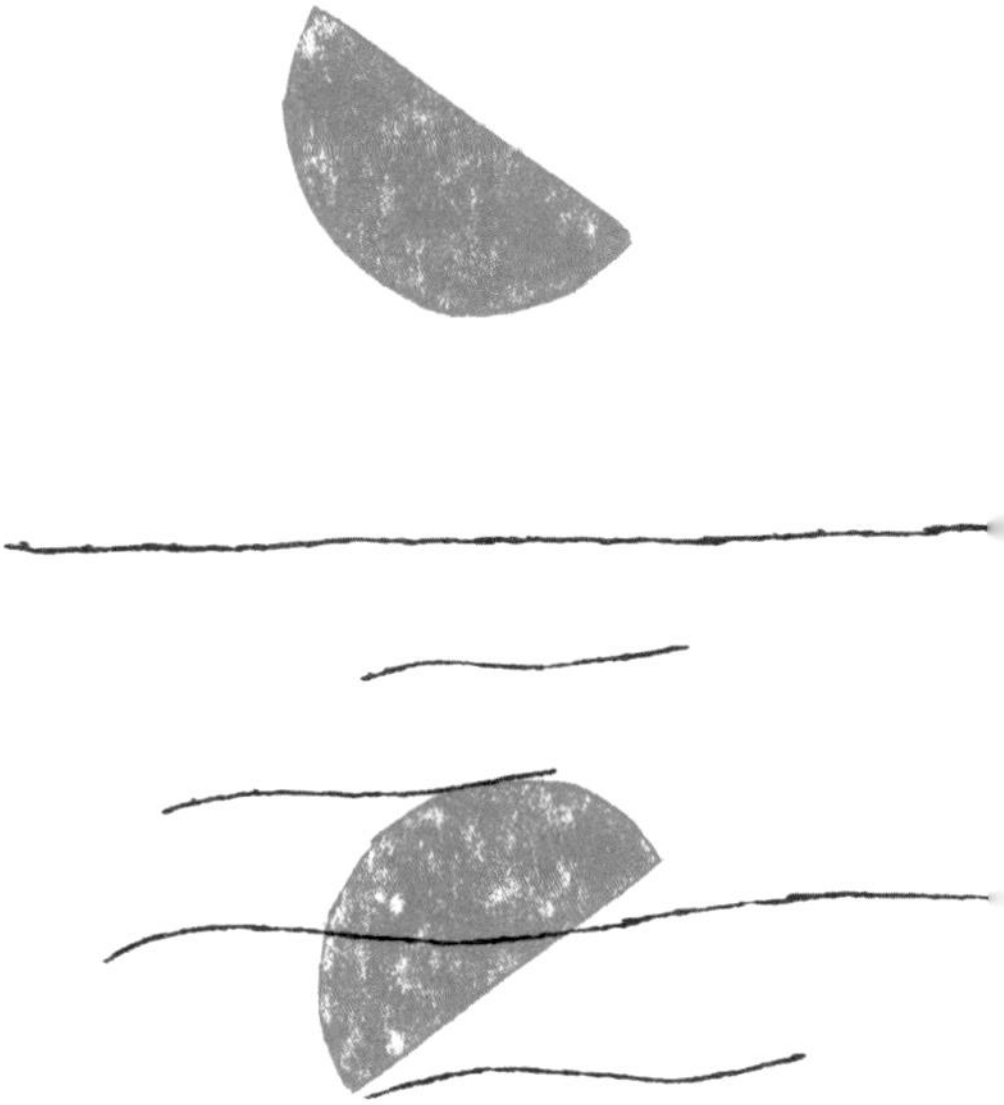

たっぷりと真水《まみず》を抱《だ》きてしづもれる
昏《くら》き器《うつわ》を近江《おうみ》と言《え》へり

河《かわ》野《の》裕《ゆう》子《こ》 P234
『桜森』
一九八〇（昭和五十五）年

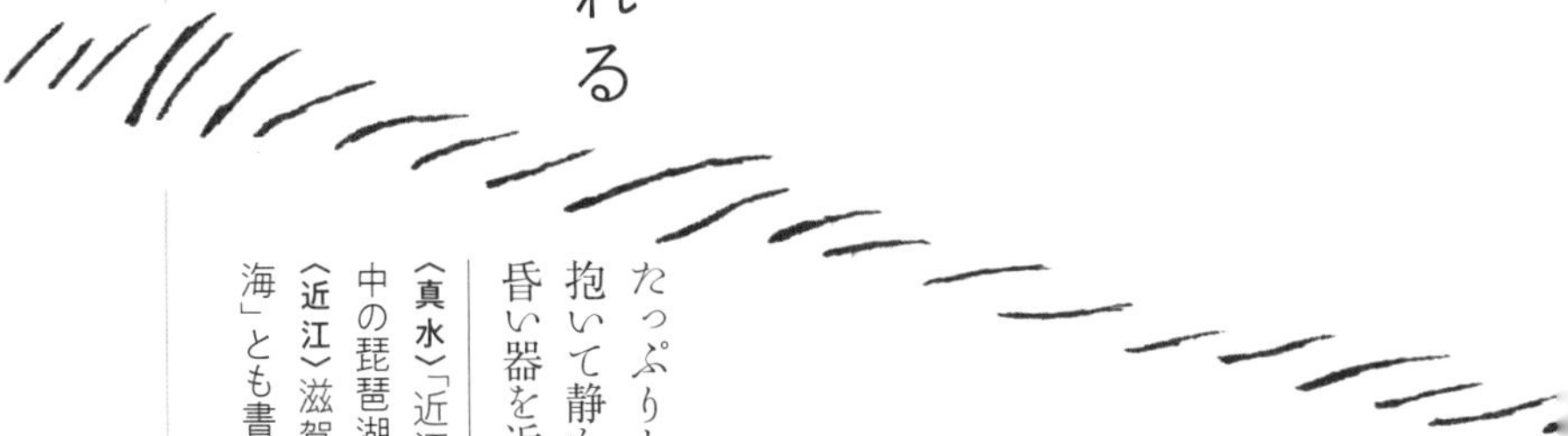

たっぷりとした真水を抱いて静かに横たわる、昏い器を近江と言う。

〈真水〉「近江」という器の中の琵琶湖のこと
〈近江〉滋賀県のこと。「淡海」とも書く

藤原家隆は『新古今集』の撰者で、定家《ていか》のライバル的な存在です。定家は研究者としての側面も持ちますが、家隆は歌人として徹底していたようです。定家よりむしろ『新古今集』らしい歌人という見方もあって、それは定家の代表歌の一つ「春の夜《よ》の夢の浮橋《うきはし》とだえして峰《みね》に別《わか》るる横雲《よこぐも》の空」（P194）における、印象的な結句「横雲の空」を、家隆が先駆的に用いたことでも知られます（横雲とは、明け方の紫がかった雲のこと）。

霞《かすみ》立つ末《すえ》の松山ほのぼのと
波にはなるる横雲の空
『新古今集』三七

霞んでいる「末の松山」（東北の塩釜《しおがま》あたりの海岸）の、夜明け方に波の上から雲が離れていく光景を詠んでいます。春のおぼろな空気感もあいまって男女の別れを思わせますが、定家の歌では「夢の浮橋」の語によって『源氏物語』を絡めながら「横雲の空」にうつろな心持ちを集約させており、歌としての深まりを見せるわけです。

家隆は、このような定家の巧みさとは別の叙景《じょけい》歌《か》のあり方を目指していたのではないか。そう私が思ったのが、「志賀の浦や」の歌を知ったことでした。志賀は滋賀（近江国《おうみのくに》）、志賀の浦は琵琶湖の西岸です。夜が更けると岸から湖が凍るので、揺れる「波間」が遠くなっていきます。すると、その遠い波間から出の遅い有明《ありあけ》の月（下弦の月）が、凍てついた姿で湖上を上るのです。「湖上冬月《こじょうのとうげつ》」という題詠の歌で、闇に揺れる水面を照らす月、冷たい空気、暗から明への時間経過、氷なのか月光なのか判然としない世界が何とも観念的です。「固体・液体・気体」という水の三態を、人のいないところでカメラがとらえているような新しい感覚があります。

一方、河野裕子の歌は、「たつぷりと」水を湛《たた》えた琵琶湖が、静かに深く歌人の前にある。いや、〝いる〟と言ったほうがいいでしょうか。生き物みたいにたたずんでいる感じもあって、それなら〝いる〟と言いたくなります。「昏《くら》さ」という言葉からは、

近代歌人と湖

みづうみの氷は解《と》けてなほ寒し
三日月の影波にうつろふ

『太虚集』

アララギ派の歌人・島木赤彦《しまきあかひこ》は、故郷の諏訪湖《すわこ》（長野県）の姿を詠んでいます。氷が解けてもやはり寒く、湖面に三日月の光が揺れている光景。解けても寒い、春はなかなか来ないというのは、湖が身近だったからこそわかることでしょう。スケートをする学生、漁をする人、氷を切る職人……、そんな人々の生活とも結びついた、中世とは異なる湖の歌です。

そのもののわからなさが伝わり、「近江と言へり」の結句がそれをつなぎとめています。

滋賀県に長く住み、毎日のように見ていた琵琶湖を、のちに東京に移ってからも恋しく思ったことが、歌の原点といいます。それがあるとき、何かちがうものに見えたのかもしれない。短歌の道を選んだということは、歌の歴史を受け止め、それに連なることであり、さらに掘り下げていくことでもある。未知なるものに向かおうとする自分が、琵琶湖に投げかけられているのではないでしょうか。

一つひとつの言葉が「この言葉しかない」という選ばれ方をされた歌の世界に出会ったとき、存在そのものに直接問いかけてくる「琵琶湖」が、味わう側にも実感として響くのです。

石川《いしかわ》や瀬見《せみ》の小川の清ければ
月もながれをたづねてぞすむ

鴨長明《かものちょうめい》 P234
『新古今和歌集』一八九四
鎌倉時代初期

しるべせよ田上川《たなかみがわ》の網代守《あじろもり》
ひを経《へ》てわが身《み》よる方《かた》もなし

兼好《けんこう》 P235
『兼好法師集』
鎌倉時代末期

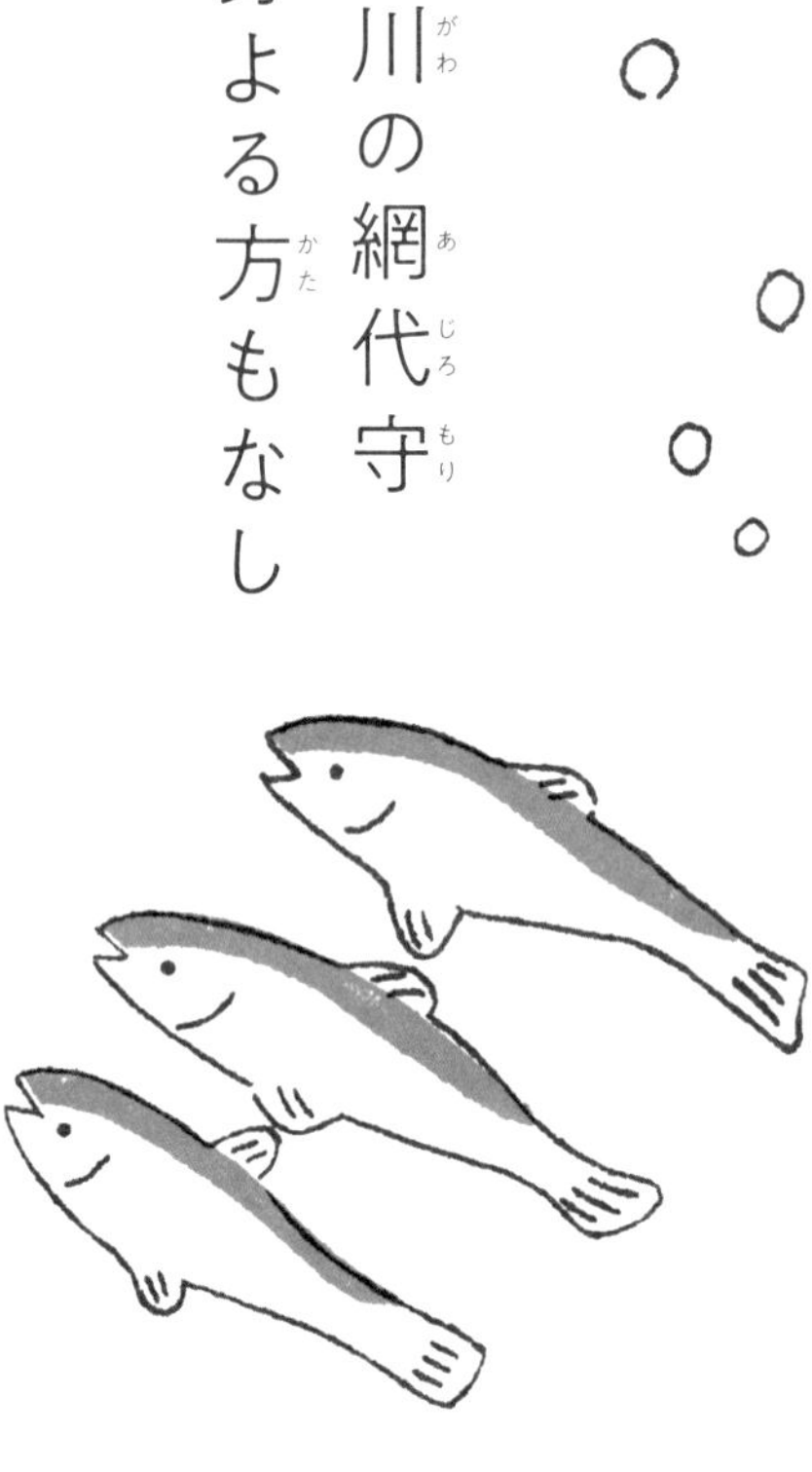

石川の瀬見の小川が清いので、月もその流れを訪れて澄んでいく。

〈石川〉
賀茂川。「瀬見の小川」はその分流

案内しておくれ、田上川の網代守よ、そのゆかりの氷魚《ひお》ではないが、世を捨てて日を過ごす私は身を寄せるところもないのだ。

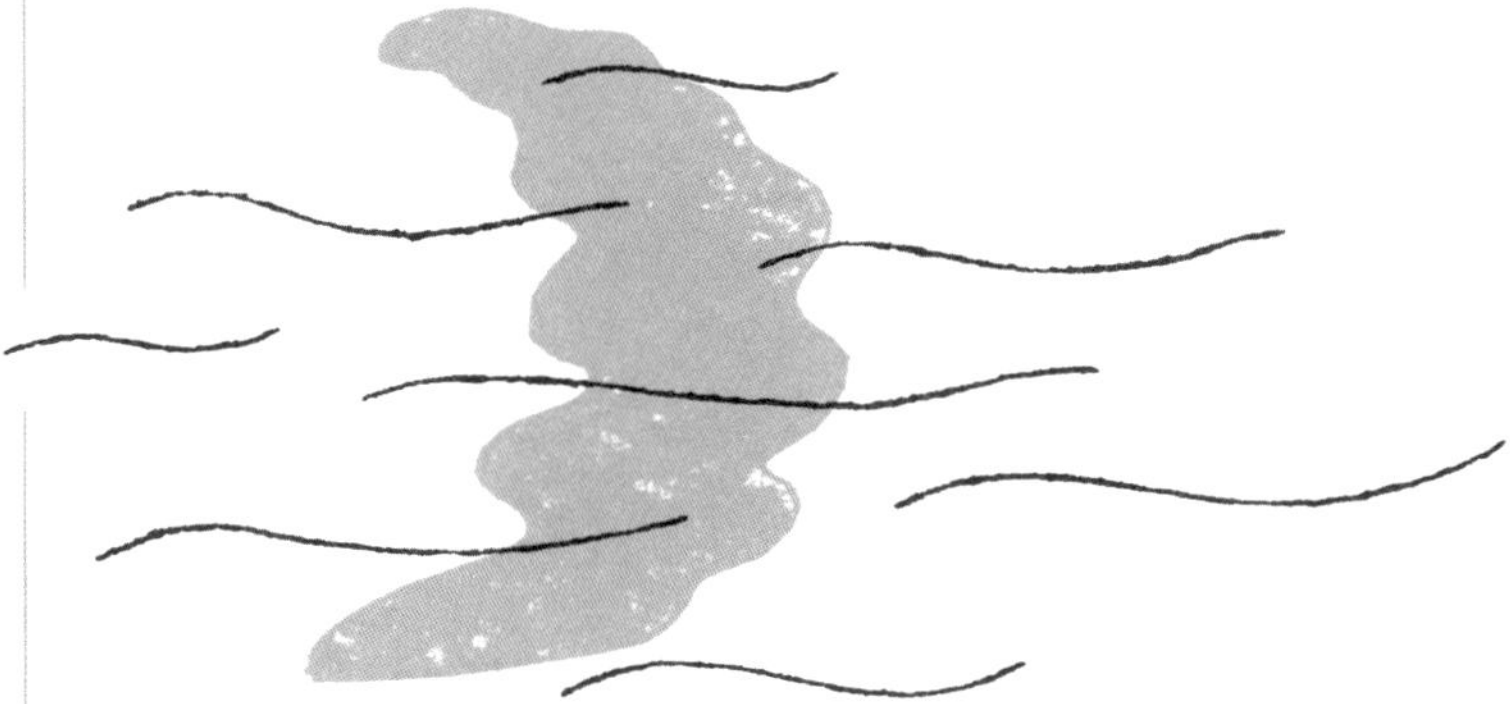

〈田上川〉
宇治川と並ぶ氷魚の名所
〈網代守〉
氷魚（鮎の稚魚）を捕るときに網代（水中に木や竹を立て並べた、魚を捕る仕掛け）をかける。夜の間、火を灯してその網代を守る人
〈ひを〉
「日を」と「氷魚」の掛詞。上の句全体が「ひを」を導く序詞《じょことば》

中世の二人の散文家が、歌詠みであったことを忘れてはなりません。

　鴨長明は平安時代末期から鎌倉時代初期の転換期を生きた人で、歌林苑《かりんえん》というサロンを主宰した俊恵《しゅんえ》（源《みなもとの》俊頼《としより》の子）に歌を学びました。

　石川とは賀茂川、瀬見《せみ》の小川はその分流。石川の瀬見の小川が清いので、月もその流れを訪れて川にとどまるうちに澄んでいく。実際には月が水に映っている情景ですが、擬人化されてちょっとメルヘン。

「月」には長明自身が託されています。瀬見の小川は、長明なじみの賀茂神社の中にあり、時を経て訪ねたときに、川の清らかさによって自らも澄みわたるような思いをしたのです。

　長明は神職のトップの家柄に生まれながら、父が若くして亡くなったために、継ぐはずであった禰《ね》宜《ぎ》職（神官）を逃します。後鳥羽院との関わりもあり、十分に恵まれた立場であったはずですが、のちに候補だった別の禰宜職もかなわず出家。勉強が本当に好きで高い学歴を持ちつつも、社会的な地位とは縁遠い、そういうタイプ。なかなか折り合いのつかない人生でようやく見いだしたのが、随筆の文体だったのかもしれません。

　長明からおよそ一三〇年後、鎌倉時代の終わりから南北朝期という、やはり不安定な時代を生きたのが兼好。「しるべせよ」の歌で、人生を語ります。

兼好は「吉田兼好」？

よく知られる「吉田兼好」の名は、江戸時代以降の俗称。吉田神社系の神職の家柄で、朝廷に仕える下級貴族・卜部《うらべ》家の出身とされていましたが、現在ではのちのねつ造説が濃厚です。兼好は長明以上に謎が多く、『徒然草』は美意識の書という見方もあります。

田上川《たなかみ》は琵琶湖の南西部の川で、瀬田川《せた》に合流し、それはやがて宇治川、淀川となって大阪湾に注ぎます。網代守とは、秋から冬にかけて氷魚《ひお》(鮎の稚魚)を捕るときに、木や竹の杭を立てて網のようにした「網代《あじろ》」をかけるのですが、夜の間、火を灯してその網代を守る人のことです。

四句「ひを」は「日を」と「氷魚」の掛詞で、上の句が「ひを」を導く序詞となっています。田上川は宇治川と並ぶ氷魚の名所ですので、たっぷり言葉のおしゃれをした名所歌としても楽しませてくれるのです。

そして、歌の意味の中心である下の句で、自分の身のよるべのなさを伝えています。後二条天皇に仕えていた兼好は二十代半ばで出家しましたので、世を捨てた身ということになります。

隠遁生活をする世捨て人というと、イメージは清貧の人ですが、兼好はけっこうな土地を手に入れて、経済的な基盤を持っていました。歌人としても評価され、歌合《うたあわせ》などにちょくちょく呼ばれた売れっ子でした。しかし、それだけでは満たされず、いろいろなことに気づいてしまう内面とその思索を、歌以外のかたちで表現するべく突き動かされたようです。『徒然草』は当時としては稀有な「省察《せいさつ》(自分を省みること)の書」との見方もされています。

長明も兼好も、都の周縁に住まいながら、関東にも出かけるようなフットワークの軽さを持っていた。いい意味で俗にまみれていたのですね。

笹の葉はみ山もさやにさやげども
我《わ》れは妹《いも》思ふ《う》別れ来《き》ぬれば

柿本人《かきのもとのひと》麻呂《まろ》 P234
『万葉集』巻二・一三三
奈良時代

笹の葉が山を震わせるように、さやさやと音を立てているけれど、私は妻を思うのだ、別れてきてしまったから。

〈妹〉
妻のこと。人麻呂の挽歌を詠んだ依羅《よさみの》娘子《おとめ》とされている

立ち別れいなばの山の峰《みね》に生《お》ふる
まつとし聞かば今帰り来む《こん》

在原行平《ありわらのゆきひら》 P232
『古今和歌集』三六五
平安時代前期

別れて因幡国《いなばのくに》に行ってしまっても、因幡（稲葉）山の峰に生えている松ではありませんが、私の帰りを待っていると聞いたならば、すぐにでも帰ってきましょう。

〈いなば〉
「因幡山」と「往《い》なば（往ってしまうならば）」の掛詞
〈まつ〉
「松」と「待つ」の掛詞

地名を歌の言葉にすることで、土地に挨拶をする。万葉の歌には、その挨拶の気持ちが色濃く感じられます。『万葉集』の歌に詠まれた多くの地名は、歌枕としてのちのちまで受け継がれます。

柿本人麻呂の歌といえばと思ったときに、ふと口をついて出たのが、「笹の葉は」でした。

上の句のサ音の連続が歌全体に澄んだ空気をもたらし、葉ずれの音と対照的な、歌人のひたすらな妻への思いが際立ちます。不純物のない冴えかえった気持ちが、この地を去っていくこと、妻との別れを、否が応でもその身に知らせるのです。

笹の葉の茂る山道と、遠ざかってゆく歌人の内面の共鳴が見事だなあと思います。歌人を見送りながら山は泣いているのだろうか、歌人は一人の旅路で寂しさにいっそう身を震わせるのだろうかと。

この歌は、石見《いわみ》（島根県）に赴任した人麻呂が（時期は不明）、土地の妻との別れに際して詠んだ「石見国より妻を別れて上り来る時の歌」という長歌《ちょうか》に添えられた二つの反歌《はんか》のうち、二首目の歌です。一首目の反歌も紹介します。

石見のや高角山《たかつのやま》の木《こ》の間《ま》より
我《わ》が振る袖を妹《いも》見つらむか

——石見のなあ、高角山の木の間から、私が別れを惜しんで振る袖を、妻は見ているだろうか

妻の住む里が見おさめになる高角山で、妻に向かって歌人は袖を振ります。こうして妻から自分の姿が見えなくなって、つまりこの土地と別れたところで、「笹の葉は」の歌があるのです。

長歌のほうは、三十九句から成っています。全

体のほぼ三分の二を占める序では、石見の海の浦や潟《かた》、海辺の光景が語られ、それはすべて「玉藻《たまも》なす寄り寝《ね》し妹《いも》（美しい藻のように寄り添っていた妻）」という語を導くためにあります。

長歌は最後に、「夏草の思ひしなえて偲《しの》ふらむ妹が門《かど》見むなびけこの山」（夏草がしおれるように思い沈んで今頃私を偲んでいるだろう妻の、家の門を見たいから、なびいて平たくなれ、山よ）と呼びかけます。山に声が届きそう。「笹の葉は」の歌で、「さやに」さやぐ山が、それに応えているのかもしれません。

「立ち別れ」は、在原業平の兄・行平の歌（因幡守《いなばのかみ》としての赴任は八五五年）。都を発つときに、見送りの人々に向かっての挨拶として詠んだとされています。これから赴任するわけですから、すぐには帰ってこられません。私を忘れないで待っていてください、無事に都に戻ったらまたお会いしましょう、という気持ちが込められています。

「待つ」気持ちが「松」のように常なるものであってほしいと、旅立ちにあたって、行く先の山（この歌の場合「因幡山」）に生えている松にお願いする。地名を歌に詠むということは、その土地の神様に呼びかけ、絆を確かめることでした。そして、旅路を守ってもらい、やがては戻るだろう都への無事の帰還も祈ったのです。

何とも注文が多いですね。行平は平安時代初期の九世紀の人ですから、古代的な祈りの気持ちは十分に残っていたのではないでしょうか。

長歌が文字通り「長い」のは、歌の朗誦《ろうしょう》を聞く人々が調べを楽しみ、心に浮かぶイメージを味わったからでもありますが、そこにまず、祈りがあったということも忘れてはなりません。

田子《たご》の浦《うら》ゆうち出《い》でてみれば真白《ましろ》にぞ富士の高嶺《たかね》に雪は降りける

山部赤人《やまべのあかひと》 P243
『万葉集』巻三・三一八
奈良時代

天平期の『風土記《ふどき》』にも富士の記載はありますが、叙景歌《じょけいか》（景色を詠んだ歌）として富士を最初に詠んだのは、『万葉集』の山部赤人といってよいと思います。夏でも雪をかぶっている姿は神々しく、信仰の山であったことが伝わってきます。改変され、『新古今集』に収められたときには「冬」の歌に。

『万葉集』のそのほかの富士は、恋を形容する道具立てとして用いられ、『古今集』では、活火山であったことからか、「燃ゆ」「恋ひ（火）」などの語とともに詠まれます。

九世紀末に成立した『竹取物語』では、貴公子たちの求婚をすべて無為にしたかぐや姫が、月の世界に帰るに際して、帝《みかど》に文《ふみ》と不死の薬を贈ります。帝は悲しみのあまり、それらを富士の頂《いただき》で焼かせたため、いまだにその煙が立ちのぼっているのだといいます。「不死」、または兵士をたくさん送ったことから「士《つわもの》に富む」というのが、「富士」の名の由来とも。

十一世紀中頃に書かれた菅原孝標女《すがわらのたかすえのむすめ》の『更級日記』にも富士が出てきます。十三歳の頃、上総介《かずさのすけ》（千葉県中部の国司の役割）だった父の任が解かれて都に向かうとき、実際に富士山の近くを通ったのです。旧暦の十月初め（冬のはじめ）に駿河国《するがのくに》に入り、上総からも見えていた富士を目の当たりにしました。青い山容を衣にたとえ、「白い衵《あこめ》着たらむやうに」と書いていますから、青い着物に白い衿といった感じ。冬は夏などにくらべたら断然富士がよく見えますし、雪の降り始めた頃だとすると、まだ雪が厚くなっていなくて鮮やかな白さだったことでしょう。夕暮には火が立ちのぼるのが見えたとも記され、活火山としての富士の大事な記録でもあります。

くらしのうた

暮らしの中で生まれたささやかな思いを言葉にするのも「うた」。年代も性別も超えて共感を呼び起こす、そんなうたたちを集めました。

瓜《うり》食《は》めば子ども思ほ《お》ゆ
栗《くり》食《は》めばまして偲《しぬ》はゆ
いづ《ず》くより来《きた》りしものぞ
まなかひ《い》にもとなかかりて
安《やす》眠《い》しなさぬ

山上憶良《やまのうえのおくら》 P243
『万葉集』巻五・八〇二
奈良時代

瓜を食べると子どものことが思われ、栗だとなおのこと偲《しの》ばれる。どこから来たものなのか、目の前にちらついて安眠させないのだ。

〈思ほゆ・偲はゆ〉「ゆ」は自発の助動詞。そうせずにはいられない気持ちを表す
〈まなかひ〉目と目の間。漢字表記は「目交」
〈もとな〉しきりに

街をゆき子どもの傍《そば》を通る時
蜜柑《みかん》の香《か》せり冬がまた来る

木下利玄《きのしたりげん》 P235
『紅玉』
一九一九（大正八）年

街で遊ぶ子どもたちのそばを通るとき、蜜柑の香りがした。冬がまた来るなあ。

「瓜食《は》めば」は、山上憶良の長歌《ちょうか》で、「子等を思ふ歌一首」。「子等」とは子どもたち。自分の子どもについての限定的なものではなく、一般的に子どもとは、というテーマです。

　瓜や栗を食べるときは、いつも子どもを思い出す、というのです。瓜は黄色の外皮で甘みのある中国原産のマクワウリ、栗は縄文時代から日本各地で栽培され食されていました。「思ほゆ」「偲《しぬ》はゆ」の「ゆ」は自発の助動詞で、そうせずにはいられない気持ちを表します。「まして偲はゆ」のほうに、子どもへの執着の度合いが強く出ているのは、瓜よりも栗が美味ということでしょうか。子どもが栗を喜んで食べるときの顔が忘れられないのでしょう。

　この歌には仏典に基づく序文があって、子どもへの愛情は煩悩だという見方がされますが、歌ではどうでしょう。「いづくより来《きた》りしものそ」と宿縁めいたことを問いはしますが、眠れないくらいに子どもが気になることを、むしろ肯定しているのではないかと思います。

「瓜食めば」のあとには、反歌《はんか》が続きます。

銀《しろがね》も金《くがね》も玉《たま》も何《なに》せむに
まされる宝子にしかめやも

　どんな宝であっても子どもにおよぶことがあろうか、とまで詠うのです。

『古今集』以降、子どもがテーマの歌はあまり見られませんが、近代になると「子ども」は独自のテーマとして位置付けられるようになります。

　一九一〇（明治四十三）年創刊、大正時代を彩った文芸誌「白樺」。そのメンバーで唯一の歌人が木下利玄で、子どもを歌に多く詠みました。

蜜柑《みかん》は当時から身近な食べ物で、ジュースなどが簡単に手に入らない時代、子どもはおこづかいで買ってのどを潤したのでしょう。遊びに夢中だから皮をむくのもそこそこに、慌ただしく口に入れて、着物で手を拭いたりして、そこら中に蜜柑の香りが広がるのです。

冬場の教室で休み時間に誰かが蜜柑を食べると、香りでそれがすぐにわかるという経験はないでしょうか。そして、またこの季節がやってきた、と感じるのです。寒くなっていく頃、酸っぱさが懐かしいような、ピンとはりつめた冬の気分を温かくしてくれるような……。

この歌は街で出会った子どもを描いていますが、利玄自身にも四人の子がありました。最初の子を生後すぐに失い、その後も二人の子を相次いで亡くします。自分たち夫婦の手からすり抜けるようにして、天に召されていったのです。子どもに愛情を思う存分に注いでやれないというのは、なんとつらいことでしょう。

親は子どもに対して、他人から見たらあきれるくらい没頭してしまうこともあります。無条件のかわいさ、喜びを与えてくれる存在への応答のようなものかもしれませんが、度合いをあやまることもしばしば。また、子どもが悪さをすれば、親から笑顔は消えてしまいます。

栗や蜜柑を「食《は》む」子どもたちが甘さや端々しさを味わっているのは、実にありがたい場面なのです。そこから引き起こされるいとおしさもまた、果実や子どもたちと同様、天から授かったものなのではないかという気がします。

憂《う》かりける人を初瀬《はつせ》の山おろしよ
激しかれとは祈らぬものを

源《みなもとの》俊頼《としより》 P242
『千載和歌集』七〇八
平安時代後期

冷たいあの人のことを初瀬の観音様にお祈りしたけれど、その初瀬の山から吹き下ろす風よ、あの人の冷たさがお前と同じようにもっと激しくなれとは祈らなかったのになあ。

〈憂かりける人〉冷たい人
〈初瀬〉
奈良・初瀬の山腹には長谷《はせ》寺があり、昔から観音信仰で有名だった

はたらけど
はたらけど猶《なお》わが生活《くらし》楽にならざり
ぢつと手を見る

石川《いしかわ》啄木《たくぼく》 P231
『一握の砂』
一九一〇（明治四十三）年

働いても働いても、やはり私の暮らしは楽にならない。いったいどうしてだろうと、じっと手を見つめる。

〈猶〉やはり
〈楽にならざり〉楽にならない

五番目の勅撰集『金葉集《きんよう》』は、白河上皇の命により、一一二〇年代に成立しました。「憂《う》かりける」の歌人・源俊頼がその撰者。和歌に新風を吹き込んだとされていますが、上皇からのダメ出しが何度かあっての完成で、ニューウェーブとはそんなに簡単なものではないようです。

『後拾遺集《ごしゅうい》』までは『古今集』の圧倒的な影響下にあり、いわば地続きでした。しかし、『金葉集』が編纂《へんさん》されたのは五十年ほどのブランクののち。院政期がいよいよ最盛期に入る時期と重なる、十二世紀のまさにポスト王朝時代なのです。歌集には、俊頼の歌の特徴でもある、風景描写の斬新さや口《こう》語《ご》（話し言葉）や俗語の使用が目立ちます。

俊頼の「憂かりける」は、『金葉集』から二つのちの勅撰集『千載集《せんざい》』に収められました。歌の結句「祈らぬものを」からは、婉曲的ながらも無念の思いが切実に伝わってきます。主人公のボロボロな様子とともに。上の句が「憂かりける人を／初《はつ》瀬《せ》の／山おろしよ」と、五七五ではなく破格（三句の途中で切れ、三句は字余り）であることも、その心情に妙にマッチしています。

さて、自分の境涯を生活感を盛り込んで率直に、時には自虐的に詠い、その気持ちわかるなあとファンの多いのが石川啄木。俊頼の時代からおよそ八〇〇年後、近代のニューウェーブです。三行書きという一目でわかる「啄木印」の表記、話し言葉そのままのような親しみやすいリズム。

「はたらけど」は、東京に出てきた啄木が朝日新聞の校正係に職を得た頃の歌。家計は安定したはずですが、啄木は派手な都会暮らし。借金を脱するには十分な収入ではなかったようです。

歌を味わう私たちは、「はたらけど」のリフレインにまず心をとらえられます。「猶《なお》」は副詞で、やはり、の意。四句「楽にならざり」の「ざり」は打消の助動詞の終止形の例外的な用い方で、ここでいったん句切れます。そこに「ぢつと手を見る」と身体的表現が差し出され、読み手は否応なしに啄木の視線と重ねられるのです。校正の赤鉛筆を握る手にはマメでもできているのでしょうか。文学への思いや生活の疲れが集約した「手」を直視せざるをえないのか……。

新しき明日《あす》の来《きた》るを信ずといふ
自分の言葉に
嘘はなけれど

『悲しき玩具』

少しあとに詠まれたこの歌は、大逆《たいぎゃく》事件*ののち、国家の権力が偏りを増し、重圧化していく中での不安が背後にあります。啄木は社会がもっとよくなるという革新的な「新しき明日」を願い、固唾《かたず》を飲んで政治の動向を見守っていましたが、実際の世の動きはその理想から乖離《かいり》していくばかり。ここにもまた、やるせなさがあります。

恋愛と生活、そして政治とではテーマ自体が異なるわけですが、若い叫び、破れかぶれが歌の力という点で、共通するものを感じるのです。

＊大逆事件とは、一九一〇（明治四十三）年五月、天皇暗殺の計画を疑われた多数の社会主義者らが一斉検挙され、翌年一月に幸《こう》徳秋水《とくしゅうすい》ら十二名が死刑に処された事件。でっち上げだったというのが定説。

験《しるし》なき物を思は《わ》ずは一坏《ひとつき》の
濁《にご》れる酒を飲むべくあるらし

大伴旅人《おおとものたびと》 P233
『万葉集』巻三・三三八
奈良時代

甲斐《かい》のない物思いをしないで、まずは一杯の濁り酒を飲んだほうがいいんじゃないかねえ。

〈験〉
効能、効き目。「験なき物」は、効果・甲斐のないこと

〈濁れる酒〉
濁り酒。どぶろく

白い歯にしみとおるようにしみじみと、秋の夜の酒は静かに飲むのがよいのだなあ。

〈白玉の〉「歯」を形容しながら「酒」の語を導く
〈けれ〉 詠嘆を表す助動詞

白玉《しらたま》の歯にしみとほ《お》る秋の夜《よ》の
酒はしづかに飲むべかりけれ

若《わか》山《やま》牧《ぼく》水《すい》 P230
『路上』
一九一一（明治四十四）年

「験《しるし》なき物」といえば、効果のないこと、甲斐のないこと。そんな物思いをしないで、まずは一杯の濁り酒を、と酒を勧めているようです。「験なき」の歌を最初においた「讃酒歌《さんしゅか》」（酒を讃《ほ》むる歌）十三首は、大伴旅人により天平時代の初め、七二〇年代末に詠まれました。

六十歳を過ぎてから大宰帥《だざいのそち》（大宰府の長官）に任じられ、筑紫《つくし》（福岡県）で過ごした旅人が、妻を失った頃であり、また事実上は左遷という見方もあって、政治的にも鬱屈した日々であったかもしれません。都での聖武天皇による天平の栄華とひきくらべ、酒で気持ちを晴らそうとしたこともあるのでしょうか。武官として活躍した往時からしても、寂しかったにちがいない。

当時の官僚は中国の学問や文化に通じているので、一流の教養人であった旅人の歌にはそういう背景もあるとされますが、即興的な詠いぶりで、まあ堅いことを言わずに、という気分がこの連作からは感じられます。

あな醜《みにく》賢《さか》しらをすと
酒飲まぬ人をよく見ば猿にかも似る

『万葉集』巻三・三四四

りこうぶって酒を飲まない人が見苦しい、猿に似ているではないか、とまで言う。十三首目の歌には、「酔泣《よいな》き」するほうが酒を飲まない「賢しら」よりいい、ともあります。

歌は元来人々が共有して味わうものですが、現在は個人の作品として完結する意識が強くなっています。昔は歌を詠み合い、朗誦《ろうしょう》するのが基本で、個人には重きが置かれませんでした。しかし、旅人にはどこか、個人としてジャンルを発掘する意識があったのではないかという気がします。テーマとしての酒、批判をつぶやくこと、それを個人的な連作とすること――。中国に近い筑紫の土地での解放感も加わっていたのではないでしょうか。

『万葉集』を代表する歌人・旅人の〝追っかけ〟は、近代歌人の若山牧水です。牧水には、旅とともに酒の歌が多い。歩いては詠んで、詠んでは歩く。飲むように詠み、詠むように飲む。酒が少しでも身体にしみてくると、また歌を詠みたくなるのでしょうね。

「白玉の」では、秋の夜に一人で飲んでいる場面が目に浮かんできます。初句「白玉の」が「歯」を形容しながら露をイメージさせ、さらにそれが透き通った清酒に重なり、また秋という季節にもふさわしい。「白玉の」が歌全体にかかっていて、その小宇宙に牧水がたゆたっているような、澄んだ境地が現れます。

歌の末尾の「べかりけれ」は、終止形を用いれば「べかりけり」となるはずで、のちに牧水自身もそのように変えています。しかし、「べかりけれ」の語が放つ、破格というか、〝ほころび〟の持つ魅力も捨てがたいのです。

身体にしみる秋の冷たさとともに、一人で「しづかに」酒を酌む。これ自体がとても近代的な光景なのではないかと、『万葉集』と比べたときに思うのです。そして、飲むほどに牧水にとって、その寂しさは増したのかもしれません。「白玉」とは涙でもあるのではないか……、などと考えるのは、ちょっとお節介でしょうか。

めぐり逢《あ》ひ《い》て見しやそれともわかぬ間《ま》に
雲隠れにし夜《よ》半《わ》の月かな

紫《むらさき》式《しき》部《ぶ》 P313
『紫式部集』
平安時代中期

久しぶりにめぐりあって、見たのはそれ（その友人）かどうかもわからない間に、夜半の月は雲に隠れてしまった（その方は慌ただしく去ってしまった）。

〈見しやそれとも〉見たのはその友人かどうかも
〈わかぬ〉わからない
〈にし〉～してしまった。完了の助動詞「に」＋過去の助動詞「し」
〈夜半の月〉夜中の月

夜《よ》をこめて鳥のそら音《ね》ははかるとも
よに逢《わう》坂《さか》の関《せき》は許さじ

清少納言《せいしょうなごん》 P239
『後拾遺和歌集』九三九
平安時代中期

まだ夜明けまで間があるのに、鶏の鳴きまねをしてだましたとしても、決して逢坂の関の関守は通るのを許しませんし、私があなたに逢うこともありません。

〈夜をこめて〉夜明けまでに時間があること。漢字表記は「夜を籠めて」

〈そら音をはかる〉鳴きまねでだます。斉《せい》の孟《もう》嘗君《しょうくん》が秦《しん》の国で捕らえられたときに、家来に鶏の鳴きまねをさせ、夜中に函谷関《かんこくかん》（関所）を開かせて、無事に脱出したという『史記』の故事に基づく

〈よに〉決して

十一世紀初めの平安時代中期、王朝文化の盛期を彩る二人。日本文学の物語と随筆の分野を代表する、紫式部と清少納言が、宮仕えの合間の友との交わりを詠んでいます。

紫式部はあるとき、長いこと会っていなかった幼なじみと宮中で行き合います。その女友達も誰かに仕えている身だったのでしょう。彼女は慌ただしく去ってしまいます。本当にその人なのかどうかもわからない短い間のことでした。

その友を、雲に隠れてしまう夜中の月にたとえています。「めぐり逢ひて」という初句がまず人のことを思わせますが、結句で月が出てきて、月が空をめぐってきた様子の説明にもなっているのです。月のめぐりと人とのめぐりあいという世の不思議でしょうか。

詞書《ことばがき》によれば旧暦七月十日頃のことで、月が沈むのは早い時間。姿を消したその月、つまり、やっとめぐりあった友達とはその後会うことはなかったようです。

この歌は『紫式部集』（紫式部の家集）の巻頭にあって、百人一首にも入っています。「め」で始まる歌がこれだけなので、かるた取りのときに札を取りやすいとされる「一字決まり」の歌の一つ。「めぐり逢ひて」の六字が字余りで、引っかかるような語感も印象に残ります。

清少納言の「夜をこめて」も、百人一首に選ばれた歌で、宮中での会話と文《ふみ》（手紙）のやり取りから生まれました。お相手は大納言・藤原行成《ゆきなり》で、身分も教養も申し分のない貴族です。「四納言《しなごん》」と呼ばれた、当時を代表する秀才の一人。夭折した歌人・藤原義孝《よしたか》（P241）の子で、三蹟《さんせき》（平安時代中期の三大能書家）の一人でもあります。

彼らが夜中までおしゃべりをしていたあるとき、行成が帝《みかど》の物忌《ものい》みだからと、急いで帰って行きました。

翌朝、「鶏の声に呼ばれたものだから」と行成が言い訳の文を寄こしたのでしたが、「鶏の鳴きまねで私をだまそうとしたって、函谷関《かんこくかん》じゃあるまいし（早いお帰りでしたね）」と、清少納言は中国の故事を踏まえて拗《す》ねた感じで返事をします。すると行成からは、「函谷関ではなくて逢坂《おうさか》の関のことですよ」とメッセージが届きます。

メールがあったわけでもないのにスピーディーですね。お使いの人を介しての文のやり取りで、それに応えたのがこの歌です。

「逢坂の関」は、恋人と「逢う」という意味を込めて用いられる言葉。二人は恋人同士ではありませんが、逢坂の関のことだと言われたら恋の気分も漂ってくる。行成が思わせぶりに、また会いに行きますよ、というわけですが、それに対して清少納言は、逢坂の関は通るのを許しませんよ、といなすように歌で応えました。

男友達、それも有能な名門貴族との機知に富んだおしゃれなエピソードは、『枕草子』に詳しく描かれています。

相手が女友達にしても男友達にしても、そのときにしかできない歌というものがあります。友が歌を呼ぶ、ということでしょうか。

瀬《せ》をはやみ岩にせかるる滝川の
われても末にあはむ《ん》とぞ思ふ《う》

崇徳院《すとくいん》 P238
『詞花和歌集』二二九
平安時代後期

川の流れがはやいので、岩にせき止められた滝川が分かれてもいつかは合うように、別れてもいつかは逢おうと思うのだ。

〈~を…み〉~が…なので
〈せかるる〉せき止められた

大海《おおうみ》の磯もとどろに寄《よ》する波
われてくだけて裂けて散るかも

源《みなもとのさね》 実朝《とも》 P242
『金槐和歌集』
鎌倉時代初期

海岸に、波が大きなとどろきとともに押し寄せてくる。激しい波は、割れて、砕けて、裂けて、しぶきをあげて飛び散っているよ。

〈とどろに〉
とどろき響くように
〈散るかも〉
飛び散っているよ。「かも」
は万葉調の詠嘆

「瀬《せ》をはやみ」の詠み手は、怨念のうちに世を去り、天狗になったという伝説まである崇徳院です。

崇徳院は、鳥羽《とば》天皇と中宮《ちゅうぐう》・待賢門院《たいけんもんいん》との間に生まれた第一皇子。幼くして即位しますが、父と美福門院《びふくもんいん》との間に生まれた近衛《このえ》天皇が二歳半で即位するにあたり、早くに譲位させられます。崇徳が鳥羽の実子ではなく、実は白河《しらかわ》法皇と待賢門院との間の子であったからとも言われており、鳥羽の仕返しのような采配だったとの見方も。崇徳院にしてみれば、自分の出自のことですから、不条理としか言いようがない。

近衛天皇が夭折し、次は崇徳院の皇子が即位かと期待すると、弟の後白河《ごしらかわ》が天皇の地位に就きます。白河法皇の死後、崇徳は周辺の不満分子とともに保元《ほうげん》の乱を起こし、あっさり敗残者となって讃岐《さぬき》（香川県）に流され、その地で亡くなります。生をうけた時点で、その運命はすでに引き裂かれていたといえるかもしれません。崇徳院は、苦悩の渦に絡め取られながら多く歌を詠み、『詞花集《しかしゅう》』などをプロデュースしました。

歌の部立《ぶだて》は「恋」。初句から三句にかけて、激しい川の流れが眼前に現れるかのよう。それが岩に当たったかと思うと、二つの急流となってほとばしる。上の句が「われても」の序詞《じょことば》で、歌の意味としては、別れても必ず逢おうよ、なのですが、川の動きなしでは心情は伝わりません。序詞の情景が歌の意味に流れ込むのです。さらには恋にとどまらない。崇徳院のままならぬ人生も重なってきます。この身を何とかしたい、しかし……。

崇徳院は一一六四年、配流から八年目に亡くなりました。一一六七年に、歌人の西行《さいぎょう》は中国・四

国への旅に出ますが、讃岐を訪ねたのは崇徳院を弔うためだったとも言われています。そのときの一首が、

松山の浪《なみ》に流れて来《こ》し船の
やがてむなしくなりにけるかな
『山家集』

松山は今の坂出市《さかいでし》。「やがて」は、現在は時間経過のあることを指しますが、かつては隔たりのないことを表し、「すぐに」という意味でした。院に縁《ゆかり》のあった場所は跡形もなくなっていて、西行はその寂しさを船に託して、率直に詠みました。

「大海の」を詠んだのは、悲劇の鎌倉三代将軍・源実朝。鎌倉を拠点に生きた人ですが、都に大いに憧れた。藤原俊成《しゅんぜい》や定家《ていか》から歌を学び、書物を通して交流しました。が、実朝の多くの歌は前半生のもので、のちには政治に身を投じないではいられなかったようです。

実朝は、公務の合間に海を訪れたのではないでしょうか。岬づたいに海岸に近づくとそこは岩場で、波が大きなとどろきとともに押し寄せてくる。波しぶきがかかるのも構わず、そこに佇《たたず》む。

下の句で「われて」「くだけて」「裂けて」「散るかも」と、岩に当たった波の様子を畳みかけるのは、描写というより、実朝の身体も波を受けているからではないでしょうか。

生まれてこのかた、安らぐときなどなかった。自分を揺るがすものは目の前の海なのではない。歴史のうねりに呑まれて、人生そのものが割れて、砕けて、裂けて、果ては散るのか――。

激しい水の表現がこれらの歌の魅力ですが、激しさを生き抜いた人間の証でもあるようです。

うなゐ《い》児が野《の》飼《がい》の牛に吹く笛の
こころすごきは夕暮れの空

西園《さいおん》寺《じ》実《さね》兼《かね》 P236
『実兼公集』
鎌倉時代後期

一日の終わり、牧童が牛の群れを追い、牛小屋に戻すための笛の音を響かせる。その上には、ぞっとするように寂しい夕暮の空が広がっている。

〈うなゐ〉
伸びた髪を結び、帽子もかぶらない姿。「うなゐ兒（児）」は、男了の牧童。「うなゐ」の漢字表記は「髫髪」

〈こころすごき〉
荒涼とした感じ、ぞっとするような寂しさ

牛飼が歌よむ時に世の中の新《あら》しき歌大《おお》いに起《おこ》る

伊《い》藤《とう》左《さ》千《ち》夫《お》 P232

『増訂左千夫歌集』（没後に刊行）
明治時代

牛飼を生業《なりわい》とする私が歌を詠むとき、世の中には新しい歌が盛んになるだろう。

〈新《あらた》しき〉
「新《あたら》しい」の古い言い方

「うなゐ兒《こ》（児）」の歌を詠んだのは、南北朝時代にも近い、鎌倉時代後期の公卿《くぎょう》・西園寺実兼です。馬や牛の放牧は古くから各地で行われていたようですから、貴種《きしゅ》（高貴な身分）であっても、少し郊外に足をのばせばその光景を目にすることができたでしょう。

「うなゐ（髫髪）」とは、伸びた髪を結び、帽子のようなものもかぶらず、日焼けしていかにも野の人という姿。うなゐ兒（児）とあるので、男子の牧童と考えられます。このような労働や生き方は、この歌人からすると自分では携わることのない仕事ですが、人の暮らしのあり方として歌のモチーフになることを発見したのではないでしょうか。

一日の終わりに牛の群れを追って牛小屋に戻す、そのときに牧童が笛を吹くのですね。その「こころすごき」様子に風情を感じたのです。「すごき（すごし）」とは、今の私たちがふだん用いる「すごい」とはだいぶちがいます。荒涼とした感じ、ぞっとするような寂しさのことです。

時は夕方、空が刻々と夜の色へと向かっていく、そこを渡る笛の音。牧童の一日の疲れや笛によってかき立てられる歌人の寂しさが空にまで届いて、

世界全体が共鳴しているような……。都の貴族の新たな境地です。

「牛飼が」は、明治の歌人自らの名乗りの歌です。歌人としての自負と、有望な歌人たちが近代文学として短歌を飛躍させようとする機運とが重なります。伊藤左千夫は正岡子規よりも年上ですが、子規がやがて短歌の革新運動に取りかかり、アララギ派を率いるのに加わることになります。

都心にいた牛飼

左千夫は一八八九（明治二十二）年、本所茅場町《ほんじょかやばちょう》（東京都墨田区）で、牛乳搾取業「デボン舎」を開きました。一方、芥川の父・新原敏三《にいはらとしぞう》が営んだのは、新宿の牧場「耕牧《こうぼく》舎《しゃ》」。芥川は、実母の病のため、乳児期に母の実家である芥川家の養子となりましたが、高等学校時代に一時、自身も新宿に住んだようです。大正時代にもなると新宿は立て込んできて、牧場は移転しました。


伊藤左千夫は牛乳搾取業、つまり牛乳屋さんを営んでいました。都内にもこの頃、牧場ができたのです。新しい食文化を提供する新ビジネスです。芥川龍之介の実父が新宿でやはり牧場を営んでいたことも、近代の文学史ではわりと知られているエピソードです。

「新しき」を「あらたしき」と読むのに注意してください。古くは「あらたし（新たし）」と「あたらし（惜し）」は別の言葉で、今でいう新しいこと、新鮮なことは、「あらたむ（新しくする、変える）」と語源でつながる「あらたし」だったのです。万葉調を若い頃から学んでいた左千夫らしい用い方ですし、子規の門下になること（アララギ派は『万葉集』を重視しました）の予言でもあるようです。

思いがけず、「牛飼」が中世と近代をつないでくれました。これもまた歌の機縁です。

瑠《る》璃《り》草《くさ》の葉におく露の玉をさへ《え》
もの思ふ《う》きみは涙とぞ見る

源順《みなもとのしたごう》 P242
『源順集』
平安時代中期

瑠璃草の小さな葉の上に露がとどまっているのまでも、もの思いにふけるあなたは涙だと見るのでしょうね。

〈瑠璃草〉
ムラサキ科の多年草。春に青色の花を咲かせる

青く透《す》くヒマラヤの芥子《けし》夢に来て
あとの三日をこころ染めたり

齋《さい》藤《とう》 史《ふみ》 P236
『秋天瑠璃』
一九九三（平成五）年

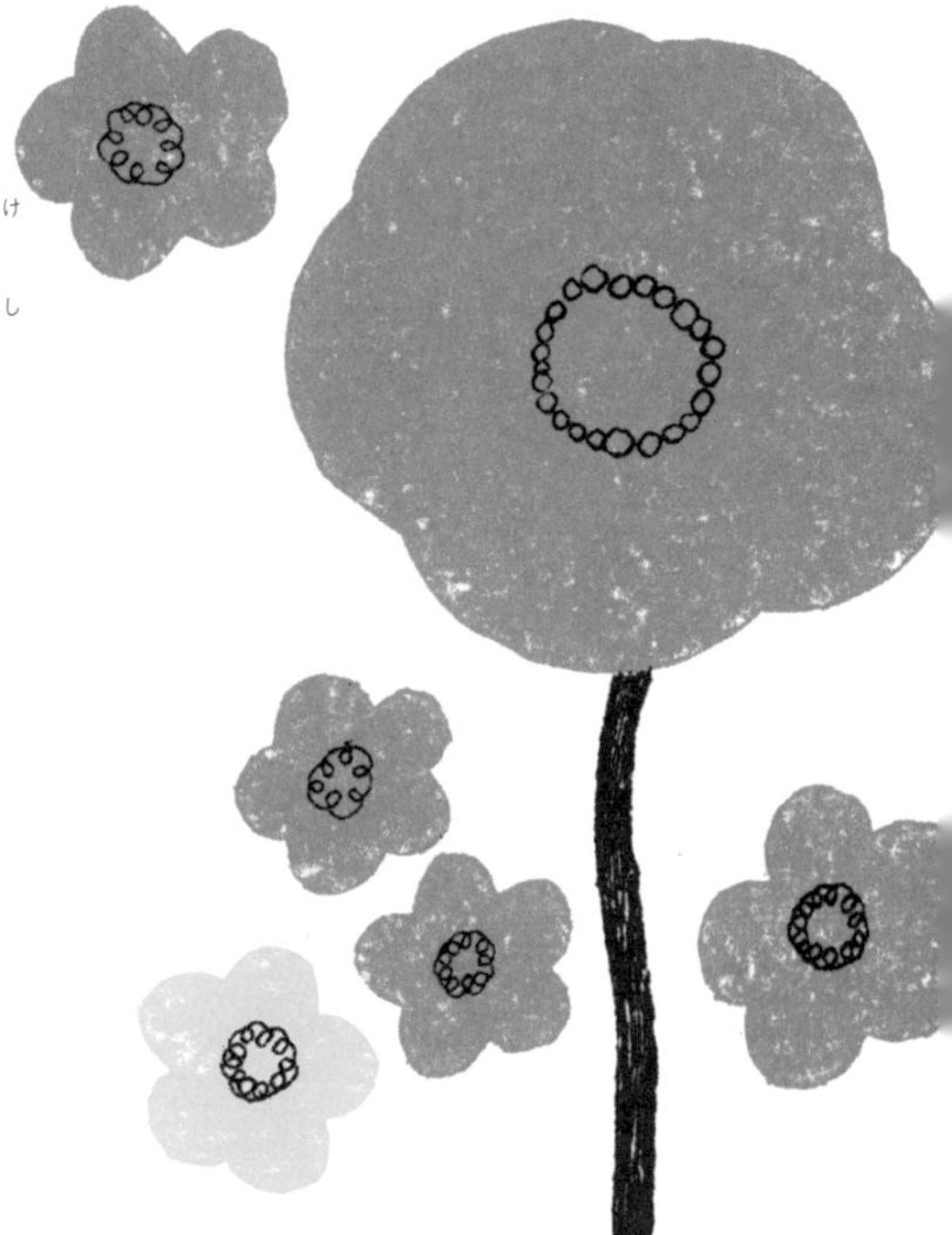

透き通るように青い、ヒマラヤの芥子の夢を見た。そのあと三日間は、その青色に心を染められていた。

『古今集』が世に出たことで、国風文化は華やぎを見せます。『古今集』の次は、村上《むらかみ》天皇の勅命による『後撰集《ごせんしゅう》』が編纂されます。撰者は「梨壺《なしつぼ》の五人」と呼ばれる文化人グループ。源順はその筆頭といってもいい、当代きってのインテリです。

百科事典的な漢和辞典『和名類聚抄《わみょうるいじゅしょう》』の著者で、和漢いずれにも長けた言葉の専門家でした。そんな歌人が、「瑠璃草《るりくさ》」という語に注目したのです。紫草《むらさき》と同じ科で、忘れな草に似た花。この語については、「日本原産ながら、王朝の歌に出てくるのは、後にも先にもこの一首のみ」と、歌人・塚本邦雄《つかもとくにお》が述べていて、源順は人のしていないことをするのが好きな人物だったのかな、という気がします。手垢《てあか》のついていない言葉を見つけて自分の表現に用いるのは、歌人冥利につきるでしょう。

青色の宝石を表す「瑠璃」は梵語《ぼんご》（サンスクリット語、インドの古代語）に由来し、薬師如来《やくしにょらい》の持つ薬壺《やっこ》の色でもあります。しりとりで「る」が回ってきて困ったことのある人は多いのではないでしょうか。古語辞典を引くとわかりますが、「る」で始まる名詞は大和言葉にほとんどない。新奇なカタカナ語を用いるような感覚で、「瑠璃草」が選ばれたのかもしれません。

歌の意味は、さほど込み入った内容ではありません。葉の上に溜まった露を涙に見たてるのは、どこかで聞く感傷的な歌詞みたいでいささか安易な気もします。しかし、ここは「瑠璃草」の語の持つ力。花の青を映して、青みを帯びた露の玉が光ると、目からあふれ落ちた涙だと気づくのです。瑠璃草が、涙する「きみ」を見つめているようでもあります。

さて、この頃はスプレーによる彩色も多いようですが、自然に生まれる青い花は希少だといいます。そんな花を詠んだのが晩年の齋藤史です。それは、ヒマラヤの青い芥子《けし》。夫や母の介護と看取り、疲れ老いてゆく自らを一方で詠みながら、青い芥子の夢に染められる「こころ」とは、なんと鮮やかな感覚に研ぎ澄まされていることか。

青い芥子と戯れるのは「あとの三日」。一日だと短すぎる、でも一週間だと欲ばりすぎかもしれない。だから三日間だけ。歌人のささやかな願いです。

梵語由来の新奇な言葉を打ち出す平安歌人と、ヒマラヤという別天地に咲く花を夢に見る現代歌人とを、青い色がつないでいるのです。

齋藤史と戦争

暴力のかくうつくしき世に住みて
ひねもすうたふ我が子守うた
『魚歌』

――暴力が「うつくしき」と賛美されるこの時代に生きていて、一日中歌っている、我が子に子守うたを

齋藤史が一九三六（昭和十一）年に詠んだこの歌は、昭和史を刻む歌として、見逃すことができません。暴力の最たるものとして戦争がありますが、それが「うつくしき」ものとして讃えられる時代。本来なら「子守うた」のほうが、そうであるはずなのに。戦いをする人間にも志がある一方で、どんなに正義を標榜《ひょうぼう》しても、暴力は暴力だと言えるのではないか。暴力はかたちを変えながら、「うつくしき」装いをして、どんな時代にも現れます。それでも歌人は子守うたを歌う。「うつくしき」ことに背を向けるかのように――。「子守うた」がすべての人の原点だということに、はっとさせられるのです。

伊《い》勢《せ》物《もの》語《がたり》

「男」の生涯と恋愛を描く歌物語

在原業平《ありわらのなりひら》とおぼしき主人公「男」の、「初《うい》冠《こうぶり》（元服《げんぷく》）」から「臨終」までを描く、一代記風の物語。和歌と散文を融合させた「歌物語」としては、現存最古。「男」の初恋から始まるさまざまな女性との恋模様が、王朝貴族の理想像として、みやびやかに描かれる。

物語は業平の和歌を中心に展開するが、主人公の実名は最後まで明かされず、単に「男」とのみ記され、業平の実像と虚像が入り混じる内容となっている。

成立　十世紀後半（平安時代前期）

著者　作者未詳

物語中に登場する歌

からころも着つつなれにしつましあればはるばる来《き》ぬる旅をしぞ思ふ　『伊勢物語』九段

歌意　衣を着ていると褄《つま》（着物の襟や裾の端）がなじんでしまうように、慣れ親しんだ妻が都で待っているので、はるばると来た旅を思うことよ。

解説　各句の最初の文字を連ねると「かきつはた」に（折句の技法）

五月《さつき》待つ花橘《はなたちばな》の香《か》をかげば昔の人の袖《そで》の香《か》ぞする　『伊勢物語』六〇段

歌意　五月を待って咲いた花橘の香りをかぐと、昔なじんだ人の袖の香りがしてくるなあ。

解説　夫が宮仕えに忙しく、妻は他の男とともに別の地に行ってしまった。やがてその地に仕事で訪れた元夫を、妻が接待することになる。元夫はそこにあった花橘を取り、妻を懐かしんで詠んだ。やっと会えましたねという思いだったのだろうか。妻はその後、尼になったという

後世の美意識の原点を提示

枕《まくらの》草《そう》子《し》

日本初の随筆。内容・形式の自由な約三百の章段からなり、構成は「類聚《るいじゅう》的章段（「ものづくし」とも呼ばれ、主題に対する作者の考えや好みを集めた章段）」「日記（回想）的章段」「随想的章段」の三つに分けられる。

清少納言が中宮《ちゅうぐう》・定子《ていし》に仕え宮廷生活を送る中で、鋭い感受性と観察眼でとらえた自然や人物が、いきいきと描写される。「をかし（趣深い）」を基本理念とする知的な感覚美の世界は、後世の美意識にも大きな影響を与えた。

成立　一〇〇一年頃（平安時代中期）

著者　清《せい》少《しょう》納《な》言《ごん》

関連する歌

またや見む交野《かたの》のみ野《の》の桜狩《さくらがり》
花の雪ちる春のあけぼの［藤原俊成《しゅんぜい》］

『新古今集』一一四

歌意 また見ることもあろうか。交野の野で桜を求めて歩いたときに花が雪のように舞っていた、あの春の曙を。

解説 在原業平一行が、交野（大阪府枚方市）で桜を愛でた『伊勢物語』八二段「渚の院」を踏まえている。『枕草子』の冒頭の「春はあけぼの」に対して、「花の雪ちる」という趣向で、またとない幻想的な出会いを描く

見渡せば山もとかすむ水《み》無《な》瀬《せ》川
夕べは秋となに思ひけむ［後《ご》鳥《と》羽《ば》院］

『新古今集』三六

歌意 見渡すと山のふもとが霞んで水無瀬川が流れている。夕方といえば秋に限るなどと、どうして思っていたのだろう。

解説 枕草子の「春はあけぼの」、「秋は夕暮」を念頭に置き、春の夕暮の美しさを詠んだ

歌人は必読！ 古典の王道

源《げん》氏《じ》物《もの》語《がたり》

三部構成・五十四帖《じょう》からなる長編物語。光《ひかる》源《げん》氏《じ》の一生と、その子にあたる薫《かおる》の半生を軸に、貴族社会の恋愛の様相を描いた。

先行する『竹取物語』など伝奇《でんき》物語の虚構性、『伊勢物語』など歌物語の叙情性、『蜻蛉《かげろう》日記』など日記文学の内面描写をとり入れて書かれた、物語文学の傑作。後世への影響も大きく、歌人の教養に『源氏物語』は必須とされた。藤原俊成も歌合《うたあわせ》の場で、「源氏（物語）を読まない歌人はよろしくない」と述べている。

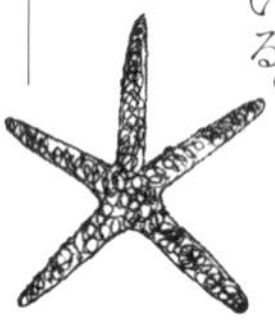

成立　一〇〇八年頃（平安時代中期）

著者　紫《むら》式《さきしき》部《ぶ》

関連する歌

五月雨《さみだれ》はたく藻《も》の煙《けぶり》うちしめりしほたれまさる須磨《すま》の浦人《うらびと》 ［藤原俊成］

『千載和歌集』一八三

歌意　五月雨は塩を焼く藻の煙を湿らせて降り、須磨の浦人は涙にくれていっそう濡れそぼっている。

解説　海藻に海水をかけて干して焼くという、塩作りの作業中に出た煙が、降る雨とともにあたり一面を煙らせている。『源氏物語』「須磨《すま》」の巻《まき》を連想させる

春の夜《よ》の夢の浮橋《うきはし》とだえして峰《みね》に別《わか》るる横雲《よこぐも》の空 ［藤原定家《ていか》］

『新古今集』三八

歌意　春の夜に見る夢といったら、水面にかけられた浮橋のようなもの。そんな夢が途絶えて、空を見れば雲が横にたなびいて峰から離れていく。

解説　「夢の浮橋」は『源氏物語』の最後の巻名。「春の夜の夢」という儚いものを「浮橋」がうけて、長い五十四帖の物語の終わりと、水面に漂うよるべのなさが重なる

いのちを詠むうた

万葉の時代には「挽歌《ばんか》」といって、死者を弔うときに詠むうたがありました。もう二度と会えないからこそ伝えたい。そんな残された者たちの思いは、昔も今も変わりません。

さしすみの栗栖《くるす》の小野《おの》の萩《はぎ》の花
散らむ《ん》時にし行《ゆ》きて手向《たむ》けむ《ん》

大伴旅人《おおとものたびと》 P233
『万葉集』巻六・九七〇
奈良時代

（飛鳥にある）栗栖の野原の萩の花。その花の散る頃に行って、神に祈りを捧げよう。

〈さしすみの〉
「栗栖」の枕詞。「さしずみ」「さすすみ」の読みもあり。「さしすみ」は、墨壺、墨入れともいい、大工道具で木材に墨で線をまっすぐに引く道具

〈手向けむ〉
（旅の無事を祈って）神仏に幣《ぬさ》（P199）を供えよう

願は《わ》くは花の下《もと》にて春死なむ《ん》
その如月《きさらぎ》の望月《もちづき》のころ

西行《さいぎょう》 P228
『山家集』
鎌倉時代初期

願うところは、どうか花の下で、如月という花が盛りを迎えた春に死にたいものだ、その満月の頃に。

〈如月〉
旧暦の二月（現在の三月から四月上旬頃）
〈望月〉十五夜の月。満月

大伴旅人は晩年、大宰帥《だざいのそち》として赴任した筑紫《つくし》（福岡県）で暮らし、山上憶良《やまのうえのおくら》らと文化的な交流を盛んに行って筑紫歌壇《つくしかだん》を形成しました。七三〇年の末に帰京、従二位《じゅにい》大納言という高い地位に就きます。そして翌年七月、六十七歳で死去。「さしすみの」は、死を間近にした病床で詠まれた歌。旧暦の七月ですから、秋のことでした。

初句は漢字の表記が「指進の」で、読み方も意味も定かではありませんが、「栗栖《くるす》」の枕詞と考えられています。栗栖は栗の木の多くあった明日香《あすか》（飛鳥）のどこかではないかと、これもまたはっきりとはしていません。

奈良の都でお偉いさんになってしまった旅人にとって、明日香の「栗栖」は懐かしい土地なのでしょう。「さしすみの栗栖」という言葉とともに心に去来する萩《はぎ》の咲く野原は、旅人の原風景なのかもしれません。歌人は散る萩の花を幣《ぬさ》にして、神に捧げようとしているようにも思えます。

人生の終焉を迎えるとき、それは人生という旅の最も難しい局面であるわけですが、神に祈る気持ちが高まり、その場面を彩るのが萩なのです。ふるさとに帰って萩の花に看取られたい、との思いもあったのではないでしょうか。

西行の歌は、「願はくは」の願いの通り、いや、宣言した通りに亡くなったことで知られていて、なんてうらやましい人なのだろうと思ってしまいます。上皇（鳥羽《とば》院）を警護する北面《ほくめん》の武士の地位を捨てて出家、全国を行脚しながら、思いをそのまま言葉にしたような自然体の歌の境地を拓いたことにも、憧れる人は多い。

如月《きさらぎ》は旧暦の二月で春真っ盛り、望月《もちづき》（満月）は十五日。二月十五日はお釈迦《しゃか》様の命日で、世を捨てた西行の立場からすると、この日に死ぬのは一番の理想なのです（実際には二月十六日に亡くなったが、その願いを後世の人が受け止め、西行忌は二月十五日とされる）。

花＋望月＝メルヘンだわと思うのは今の感覚で、もっと切実な願いであったでしょう。西行は歌会などによく呼ばれ、人付き合いは悪くなかったようですから、遁世者《とんせいしゃ》としては不徹底との自省があったのかもしれません。歌詠みである限り、俗世からは逃れられないのです。「その如月の望月のころ」には、現実の身では果たせない、解脱《げだつ》への希求が込められています。

思いをのせるために歌がある。萩も桜も、此岸《しがん》から彼岸《ひがん》へと旅立つ歌人による、自らへのはなむけ。そしてその贈り物は、数百年以上のちに歌を味わう私たちにも分け与えられるのです。

「幣《ぬさ》」とは？

「幣」とは、神に祈る際の捧げもの。四角く切った紙や布を「ぬさ袋」に入れて持参し、道祖神《どうそじん》に向けて散らしました。のちに棒につけて用いるようになります。

このたびは幣もとりあへず手向山《たむけやま》
もみぢの錦《にしき》神のまにまに　菅原道真『古今集』四二〇

百人一首でも知られるこの歌を、思い出す人も多いのではないでしょうか。道真は旅人と共通点も多く、道真が最期を迎えた地は旅人が晩年を過ごした大宰府。漢詩はもちろん、『万葉集』にも造詣がありました。菅原氏も大伴氏も、藤原氏以前からの古代氏族です。

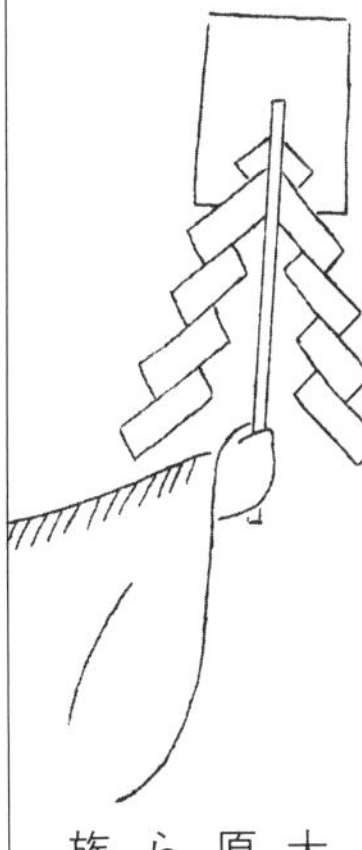

たらちねの母がかたみと朝夕《あさゆう》に
佐渡《さど》の島《しま》べをうち見つるかも

良寛《りょうかん》 P243
江戸時代後期

亡くなった母の形見として、朝や夕に佐渡島を眺めたことだなあ。

〈たらちねの〉
「母」にかかる枕詞
〈見つるかも〉
見たことだなあ。「かも」は詠嘆

東北に住む母の命があるうちに、ひと目見よう、ひと目見ようと急いでいる。

みちのくの母のいのちを
一《ひと》目《め》見ん一目みんとぞいそぐなりけり

斎《さい》藤《とう》茂《も》吉《きち》 P237

『赤光』
一九一三（大正二）年

江戸時代後期の禅僧・良寛は、名主《みょうしゅ》の家柄に生まれましたが、幼い頃から字を書くのが好きで読書にのめりこみ、学問や思索を追求するタイプでした。風雅の道に生きて、早くに家督を息子（良寛の弟）に譲った父親との確執もあったようで、十人の子どもを育てる母の苦労を知りつつも、良寛自身もまた自らの道のために家を捨てるという、「逸脱者」となったのです。

良寛二十六歳、母が死に瀕《ひん》しているという知らせを聞いても、故郷には戻りませんでした。のちにふるさとの庵で、亡くなった母を思い出すとき、海の向こうに母の生地でもある佐渡が見えた。死に目に会えなかった母の形見が「佐渡の島べ」だというのですから、何ともスケールが大きい。と同時に、海に隔てられてすぐには行けないという孤絶感、突き放した感じに、はっとさせられます。

『万葉集』を愛した良寛の詠みぶりは素直で、初句「たらちねの」は『万葉集』に多い枕詞。結句「見つるかも」の末尾「かも」も、万葉らしい詠嘆の調べです。

そしてアララギ派の近代歌人・斎藤茂吉の最初の歌集『赤光《しゃっこう》』に収められた「死にたまふ母」の連作。ここにも、『万葉集』への強く深い意識がちりばめられています。

山形県南村山郡金瓶《かなかめ》村（現在の上山《かみのやま》市金瓶）の農家に生まれた茂吉は、進学のために十五歳で上京し、医院を開業する同郷の斎藤家のもとへ。やがて婿養子として斎藤家の次女・輝子《てるこ》と結婚することになります。

五十九首の「死にたまふ母」連作は、茂吉が医学部助手時代の三十一歳のとき、母危篤の報を受けたところから始まります。上野で夜汽車に乗り、母の臨終を看取って葬儀を行い、ふるさとの山々に包まれて湯に入り、蓴菜《じゅんさい》や若竹を食べるなどして母への思いを詠う、数日にわたるものです。

連作の中でも、この「みちのくの」は、ふるさと東北の地を意味する初句や、「一目みん」の繰り返しが強い印象を残します。故郷へと急ぐ気持ちが切実に伝わってくる歌でもあります。汽車に乗っていることからくる速度感や切迫感は、近代以前の歌にはないものです。

ぜひ連作としても味わってみてください。一首一首とその連なりが、そして連作全体が、さらには歌集自体が生きもののように迫ってきます。

一九一三（大正二）年に発表された『赤光』の茂吉と、それからおよそ百年前の江戸時代の良寛。ぷいっと詠んだような、作為のあまり感じられない良寛と比べると、茂吉には断然、短歌としての新しさを世に打ち出す気負いがあったでしょう。しかし、二人の間には『万葉集』という共通するものが、脈々と流れているのです。

りょうかんさん

良寛は、「りょうかんさん」と呼ぶほうが通じやすいかもしれません。すぐに浮かんでくるのは、子どもとの鞠《まり》つきやかくれんぼの姿。日が暮れて子どもたちが帰ってからも、良寛は翌朝まで隠れていたという話が伝わっています。これは各地で修行、行脚した良寛が、後半生を故郷の新潟・出雲崎《いずもざき》に戻り、「五合庵《ごごうあん》」と名づけた質素な庵で暮らしていた頃のこと。徳と学識の高い僧として近所の人に迎えられていて、そういうお坊さんが無邪気に子どもと遊んでいる奇特さ、有難さが、このようなエピソードにつながったのでしょう。

大江山《おおえやま》いく野の道の遠ければ
まだふみも見ず天《あま》の橋《はし》立《だて》

小式部内侍《こしきぶのないし》 P236
『金葉和歌集』五九〇
平安時代後期＊

置くと見し露もありけりはかなくて
消えにし人をなににたとへむ《ん》

和泉式部《いずみしきぶ》 P232
『新古今和歌集』七七五
鎌倉時代初期＊

大江山を越え、生野を通っていく丹後国《たんごのくに》への道は遠いのですから、まだ天の橋立の地を踏んだこともありませんし、母からの手紙も見てはいません。

〈いく野〉地名「いく野（生野）」と「行く」の掛詞
〈遠ければ〉遠いので
〈ふみ〉「文（手紙）」と「踏み」の掛詞

着物の模様の萩《はぎ》に置いていた露はこうして残っていますのに、これを着た娘は、露よりも儚く亡くなりました。この儚さを何にたとえましょう。

〈露〉
すぐに消えてしまうことから、命の儚さをたとえる言葉にもなる

〈消えにし〉
（露のように消えて）亡くなった

＊和泉式部・小式部内侍の母娘は、平安時代中期に活躍しました。ここに記したのは、和歌集成立の時期です。

母娘歌人として、そして恋多き女の歌詠みとして、並べずにはいられない二人の歌です。

「大江山」の歌は、宮中で歌合《うたあわせ》が開かれたときのこと。小式部が、母親の和泉式部は（夫の赴任に伴って）丹後国《たんごのくに》に行っているけれど、あなたは歌をちゃんと詠めますか、と問われたのに応えたものです。遠くにいる母とは文《ふみ》（手紙）のやり取りもしていないし、ましてや、丹後の名所・天の橋立に足を踏み入れてもいません、と。お母さんに代作してもらうのでは、という相手のからかいをピシャッとはねつけて実力を証明し、いわば母からの自立宣言をしているわけです。

「いく野」は地名「生野《いくの》」と「行く」、「ふみ」は「文」と「踏み」を掛けていて、技巧としても申し分なし。歌が詠まれたエピソード付きで広く知られ、百人一首にも入っています。歌のきっかけになった名門貴族の藤原定頼《さだより》はこの歌に対して何も返すことができず、小式部に直衣《のうし》（男性の着物）の袖をとらえられ、振り切って逃げたとのオチ。こんな様子ですから、定頼は小式部の恋の相手でもあったようです。

小式部は幼い頃から歌を詠んで認められ、母娘で中宮《ちゅうぐう》・彰子《しょうし》（上東門院《じょうとうもんいん》）に仕えた、和泉式部にとって誇り高い娘でありました。この小式部が一〇二五年、二十代後半の若さで、出産のあとに亡くなってしまったのです。娘に先立たれたこと、娘自身も子を残してこの世を去ったこと。そのときの和泉式部の思いといったら……。それに加え、自分と肩を並べるほどの歌の才を持った我が子ですから、幾重にも悲しみが押し寄せたことでしょう。

「置くと見し」の歌は、露を置いた萩《はぎ》の模様が織られた着物を小式部が着ていたことによっています。それを覚えていた彰子が、形見としてその着物を求めました。それに和泉式部が応じて、着物を彰子に差し上げるときに詠んだ歌。萩の上の露が、残された者の涙を誘います。

彰子と定子

彰子の影のような存在だったのが、中宮・定子。一条天皇の妃としてたいへん愛され、仲のよい夫婦であったようです。一条は、一人の女性との愛に生きようとした天皇でした。しかし、定子の父の早すぎる死などが重なり、後ろ盾を失った彼女の地位は、衰亡の一途をたどります。父の死後、定子は出家しますが、それでも一条は彼女を宮中に迎えています。ここまで来ると一途というよりも、寵愛ぶりが目に余るという感じ。定子がその愛の逸脱をわかっていただけに、より痛ましさも感じるのです。

これに対して彰子が贈った返歌。

思ひきやはかなく置きし袖の上の
露をかたみにかけむものとは

『新古今集』七七六

——思ってもいなかったことです。互いにこの着物の袖の上に涙を落とすことになるとは

彰子は藤原道長の娘であり、一条天皇の中宮として、当時最も華やかなサロンの主。彼女との心の交流は、和泉式部にとってせめてもの慰めとなったでしょうか。

彰子もまた、子を持つ母であること、一条天皇の后としてライバル関係だった従姉妹《いとこ》・定子《ていし》を若くして失ったこと、その定子もまた子を残して先立ったこと……。そんな歴史が思い起こされます。

我が背子《せこ》を大和《やまと》へやるとさ夜《よ》ふけて
暁露《あかときつゆ》に我《わ》が立ち濡《ぬ》れし

大伯皇女《おおくのひめみこ》 P233
『万葉集』巻二・一〇五
奈良時代

夜がふけていく。大和へ弟を帰すと、我が身は茫然と立ちつくし、時の経つのも忘れて明け方の露に濡れている。

〈背子〉
女性から夫や恋人、兄弟を指す言葉

〈濡れし〉
濡れたことだ。「し」は過去の助動詞。末尾に連体形を置くことで、限りない無念の気持ちが込められている

磐余の池で鳴いている鴨を見るのも今日限り。私はこの世を去っていくのだ。

〈百伝ふ〉
「い（磐余のい）」にかかる枕詞。意味としては訳す必要はない

百伝《ももづた》ふ《う》磐余《いわれ》の池に鳴く鴨《かも》を
今日のみ見てや雲隠《くもがく》りなむ《ん》

大津皇子《おおつのみこ》 P233
『万葉集』巻三・四一六
奈良時代

六八六年九月も終わり近く、伊勢神宮で斎宮《さいぐう》（斎王《さいおう》）をつとめる大伯皇女を、大津皇子がひそかに訪ねました。大津皇子は謀反の罪に問われており、姉に助けを求めたのでしょうか。あるいは、運命を知っての面会であったのか。二人は天武《てんむ》天皇の子で、同母の姉弟です。

天武天皇が亡くなった直後で、天皇を代行していた皇后（のちの持統《じとう》天皇）の側からすると、自分の子である草壁皇子《くさかべのみこ》よりはるかに壮健で聡明、周囲からの期待も大きい大津皇子を、政治の場から排除しなければならないという事情がありました。

愛する弟を守ろうにも、大伯皇女自身が朝廷から伊勢に派遣されているのですから、ここで謀反者にされた大津をかくまおうものなら同罪になってしまう。どうすることもできないで、大津皇子を夜半に朝廷のある大和へと帰すのです。もちろんこの先、弟の命の保証はありません。

二十六歳の大伯皇女は、この時点ですでに十年以上伊勢に奉仕していますから、姉弟は長いこと会っていなかった。都で弟が活躍していることが、姉にとって生きる支えであったのかもしれません。しかし、久しぶりの再会は夜の闇の中でなされるしかなかった。今生の別れを覚悟しながら。

声のほとんどない二人の会談、残された姉も、去った弟も、時も場も、彼らが関わるすべてが悲しみの涙の中にあります。ただの「露」ではない、時間の経過や秋の山野の光景までが想像される「暁露《あかときつゆ》」の語の持つ力をあらためて感じます。

一週間ほどあとの十月、大津皇子は捕らえられて磐余《いわれ》（奈良県桜井市）の自邸で殺されます。「百伝ふ《ももづたふ》」はそのときの辞世の歌。二十四歳の若さでした。

初句「百伝ふ」は枕詞で、続く「磐余」の「い」

にかかり、長年伝わってきた、あるいはこれからも伝わっていくだろう磐余の池を思わせます。「磐余」という地名が大津皇子のゆかりの地として永遠に伝わる。「雲隠《くもがく》り」は貴人に用いる言葉で、それを自ら使うというのは妙でしょうか。そんなことから誰かがのちに作った歌ともされますが、それも些末なことであるような気がします。

今日、池で鳴く鴨を見つめる皇子は縄うたれ、明日には自分がこの世にはいないことを悟っている。鴨と対照的な我が身。しかし、鴨が鳴くように、生きることを全うする自分がここにいる——。

大津皇子といえば、恋人・石川郎女《いしかわのいらつめ》との歌の掛け合いも忘れられません。

あしひきの山の雫《しづく》に妹《いも》待つと
われ立ちぬれぬ山の雫に

大津皇子『万葉集』巻二・一〇七

——山であなたを待っているうちに、立ち続けていた私は、山の雫に濡れてしまった

末尾で繰り返される「山の雫に」。歌全体が待つ喜びそのものです。この歌に対して郎女は、「あなたが濡れたその雫に、私もなってしまえばよかった」と返しています。

二人の女性から、喜びと悲しみの歌を贈られた大津皇子。たとえ短くとも歌で彩られた人生を送った、『万葉集』らしい英雄といえるかもしれません。

さざ波や志賀《しが》の都は荒れにしを
昔ながらの山桜かな

よみ人知らず
『千載和歌集』六六
平安時代後期

志賀の都は荒れてしまったけれど、昔とかわらず長良山《ながらやま》（長等山）の山桜が咲いていることよ。

〈さざ波や〉琵琶湖西南部の志賀や大《おお》津《つ》といった地名の枕詞。「さざ波」は小さな波のこと
〈昔ながら〉「昔ながら」と「長良山（滋賀県大津市）」との掛詞

おそらくは知らるるなけむ《ん》
一兵《いっぺい》の生きの有様《ありざま》をまつぶさに遂《と》げむ《ん》

宮《みや》 柊二《しゅうじ》
P242
『山西省』
一九四九（昭和二十四）年

はばかりながら、誰にも知られることなく死んでゆくのであろう、一人の兵として生き抜くありかたを全うしよう。

〈おそらくは〉
はばかりながら、恐縮だが
〈知らるるなけむ〉
たぶん知られないであろう
〈まつぶさに〉十分に、完全に
〈遂げむ〉
遂げよう。「む」は意志の助動詞

「さざ波や」は、よみ人知らずとして『千載集《せんざい》』に収められながら、よみ人の名はよく知られています。それは薩摩守《さつまのかみ》・平忠度《たいらのただのり》で、平清盛の異母弟。

清盛の死去に前後して、木曾義仲《きそよしなか》が各地で平氏を破って京に入り、平氏の一門は次々と都落ちをします。なかでも「忠度都落ち」は、『平家物語』でも光彩を放っています（巻七）。

都落ちしたはずの忠度が、わずか七騎で藤原俊《しゅん》成《ぜい》のもとを訪ねます。忠度は、勅撰集の選定があればせめて一首でも選んでもらえたらと、日頃から詠んでいた歌の中から、秀歌と思われる百余首を書いた巻物を渡しました。俊成はその「忘れ形見」を受け取り、忠度の歌への思いに涙し、思い残すことはないと去る彼を見送るのです。

のちに俊成が『千載集』を選ぶ際に、朝敵となった忠度の名を入れられず、「よみ人知らず」として「故郷の花」という題の一首を入れたのでした。

「さざ波」は小さな波のことで、琵琶湖西南部の志賀《しが》や大津《おおつ》といった地名の枕詞、「（昔）ながら」は

戦争を詠むこと

ひきよせて寄り添ふごとく刺ししかば
声も立てなくくづをれて伏す　宮柊二『山西省』

――敵の兵士を引き寄せ身を添わせて剣で刺すと、静かに崩れるようにして倒れた

ここで詠まれたことは、決して語りたくない自らの苛酷な体験でしょう。しかし、歌の言葉として現れると、敵兵と歌人が死と生で分かたれるのではなく、ともに「くづをれ」た同士のようにすら思えます。生きて歌を詠うということは、誰かの人生を証明する行為であり、自らと交差した命を尊ぶことでもあって、それはやがて、希望へとつながるのかもしれません。

長良《ながら》山との掛詞。その古い都が衰亡しても、山桜だけは忘れずに咲いている。「山桜」は忠度の歌心のシンボルかもしれません。一方、『平家物語』巻九では、忠度のあっぱれな最期が描かれていて「武」の面も色濃く、それもまた魅力的です。

「よみ人知らず」とされたことによって、この歌はかえって、戦に巻き込まれ、言葉を残さずに逝った多くの兵《つわもの》たちとのつながりを持つことになります。戦を美化するのではなく、一人ひとりが戦を生きたということの証。それぞれの、無念であったろう思いの吹き出し口としての歌。その歌によって私たちも自らが、いつどこで戦という災禍に遭うかわからない存在であることを知るのです。

大正から昭和を生きた宮柊二は北原白秋に入門し、歌人として出発、やがて召集されて中国山西《さんせい》省《しょう》に送り込まれ、戦争詠《えい》を多く残しています。

初句「おそらくは」は、ふだん使う「おそらく」とはちがいます。不安やかしこまる気持ちを表す「畏《おそ》れ」と関わる言葉ですが、そのことから逃げようとするのではなく、つつしみながら受けて覚悟している。もちろん平然としているのでもない。ともにいる兵、生きようとする人間そのものに対する深い敬意があるように思います。

この歌には、幹部候補生を志願するよう上から何度も促され、それを固辞していた、という背景があります。二句「なけむ」と末尾「遂げむ」で投げかけられた決然とした調子からは、一人の人間としてのありかたを手放さない歌人の姿勢が強く感じられます。

源平の合戦と近代の総力戦とでは、あまりにちがう世界だと思われるでしょうか。歌詠みの兵の心に、八百年の差はないという気がしてなりません。

父《ちち》母《はは》が頭《かしら》かき撫《な》で幸《さ》くあれて
いひ《い》し言《けと》葉《ば》ぜ忘れかねつる

丈部《はせつかべの》稲《いな》麻《ま》呂《ろ》 P240
『万葉集』巻二十・四三四六
奈良時代

郷里の駿河国《するがのくに》（現在の静岡県）を出発するときに父母が自分の頭を撫でて、無事であってほしいと言った言葉を、どうにも忘れられない。

マッチ擦《す》るつかのま海に霧ふかし
身《み》捨つるほどの祖国はありや

寺《てら》山《やま》修《しゅう》司《し》 P239
『われに五月を』
一九五七（昭和三十二）年

マッチを擦った束の間、照らされた海には霧が深い。身を捨てるほどの祖国はあるのだろうか、いやない。

〈ありや〉

あるのか、いやない。反語的な表現

防《さき》人《もり》とは天皇の命令によって各地から集められ、三年の任期で、当時は辺境の地であった北九州の守備にあたった兵士のこと。六四五年、大化の改新で定められ、七三〇年以降は東国からの派遣が中心となった、税の一つでした。移動の旅費も自分でもたなくてはならず、難波津《なにわづ》(大阪湾)まで行き、そして九州にたどり着くだけでも大きな負担で、途中で命を落とすことも少なくありませんでした。

「父母が」の、三句から四句は「幸《さ》くあれといひし言葉《ことば》ぞ」が標準的な言い方で、「さくあれて」「言《けと》葉《ば》ぜ」は土地の方言です。父母が息子に向かって、旅の平安と任地での安全、任期を全うして戻ってくることを、心から願って言ったのです。

息子は若者か、少年に近い年代かもしれません。道中にあるときや、任地に着いてからも、たびたび父母が撫でた手の感触、声と表情を思い出さずにはいられなかったでしょう。特に「声」です。「さくあれ」と御守りのように繰り返され、何かにつけて身のうちに響く。ふるさととの絆を確かめ、無事でありたいと自らを奮い立たせる——。

防人に限らず、昔は長距離を移動するということがとても困難でしたし、庶民のあいだで何らかの通信手段があったわけでもありませんから、見送りのときの短いその「けとば(言葉)」にどれほどの重みがあったことか。

配置された場所は壱岐《いき》や対馬《つしま》など。防人たちは海という隔てを渡り、ふるさとへ帰るときにも、海を渡らなければなりません。海を眺めることも多かったはずです。人間の思うままにはならぬ自然ではあるけれど、穏やかであってほしいと願ったにちがいありません。

一方、昭和の戦後に躍り出た、歌人で演劇人の寺山修司も、海に向かって歌を投げかけました。マッチがまず近代的なものです（今ではレトロに感じますが）。どこかの波止場で一人の男がマッチを擦る。シュッという音がしてマッチの火が短い間、あたりを照らします。煙草に火をつけたのでしょうか。ほのかな明るさで霧が深いことを知ります。霧の立ちこめた海に向かって、身を捨てるに足る祖国はあるのだろうか、とつぶやきます。

「ありや」を反語だとすると、あるのか、いやないと問答し、そのような祖国はないのだ、という意味になりますから、悲壮感や孤独感がより深まります。

霧の中に赤い火がぽつんとあるのは本当に寂しい。そこにある命の火を灯しているようでもあります。戦死した父親や、失われた数多《あまた》の命への鎮魂でもあるのかもしれません。祖国は彼らに応えていないのではないかと。

国の命令によって人々が翻弄されるのは、『万葉集』の時代も、二十世紀も変わりがありません。防人たちはふるさとに帰りたいと願い、身を離れない父母の声は、行く先々で彼らを守ったことでしょう。寺山にとっての「祖国」は、父親をはじめとする周囲の人々を彼から引きはがしていきました。その人々の声の行方を、寺山は必死で探しているようにも思えます。

死者たちとの絆を確かめることもできないまま、一九五〇年代後半には、ひたすら高度経済成長へと向かっていく日本。霧に覆われた海の中、「祖国」はまた、闇に溶けていくのでしょうか――。

東《ひんがし》の野《の》に炎《かぎろい》の立つ見えて
かへ《え》り見《み》すれば月傾《かたぶ》きぬ

柿本人《かきのもとのひと》麻呂《まろ》

『万葉集』巻一・四八
奈良時代

P234

東を見ると明け方の空が赤く染まり、振り返ると西に月が沈んでいるなあ。

菜の花や月は東に日は西に

与《よ》謝《さ》蕪《ぶ》村《そん》

江戸時代中期

一面に広がる菜の花畑。東の空には月が昇りはじめ、西には夕日が沈もうとしている。

春の野にすみれを摘みに来た私は、この野に心ひかれたので、一夜を野で泊まったことだ。

春の野に菫《すみれ》つみにと来《こ》しわれぞ野をなつかしみ一夜《ひとよ》寝にける

山部《やまべの》赤《あか》人《ひと》 P243
『万葉集』巻八・一四二四
奈良時代

山《やま》路《じ》きて何やらゆかしすみれ草《ぐさ》

松《まつ》尾《お》芭《ば》蕉《しょう》
『野ざらし紀行』
江戸時代前期

山路をたどって来て、ふと見つけたすみれの花に、なんとなく心惹かれるよ。

短歌二首はとてもよく知られた『万葉集』の歌で、柿本人麻呂も山部赤人も、のちに「歌聖《かせい》」とされる大歌人です。二人とも身分は高くありませんが、人麻呂は持統《じとう》・文武《もんむ》天皇の時代、赤人は聖武《しょうむ》天皇の時代に活躍した宮廷歌人です。

「東《ひんがし》の」は、大きな気象の姿を詠い、スケールの大きさが感じられると人気のある歌です。

六九二年頃、持統天皇の孫・軽皇子《かるのみこ》（のちの文武天皇）が宇陀《うだ》の地（奈良県宇陀市）で前夜から泊まり、明け方に狩りに出かけるときのこと。皇子の輝かしい未来が明け方の「炎《かぎろい》」の語に象徴されています。こういう奇跡的な気象現象が起きるのは年に一回、旧暦十一月十七日なのだそうで、いよいよ寒くなるという時期にあたります。

赤人の歌は、春を告げるすみれの花を摘んで野に惹かれる心持ちを詠っていて、何とも言えない開放感があります。「すみれ」を女性だととらえると、素敵な娘と出会って一晩泊まってしまったと、これも自然体というか、あっけらかんとしていますね。

この二つの歌の題材からは、ほぼ千年のち、江戸時代に詠まれた与謝蕪村と松尾芭蕉の句が思い起こされます。

蕪村の句は、一七七四年の旧暦三月二十三日、神戸の六甲山地での光景から。人麻呂の明け方の反対で、夕方に満月が昇るときに太陽が西に沈むという図。今でいうと春も盛りの五月頃です。芭蕉は、一六八四年に出発した『野ざらし紀行』の旅の途上。その翌年春に、京から大津《おおつ》へ向かう山道で作られた句といわれます。

和歌が爛熟《らんじゅく》していく中で連歌《れんか》が興り、さらにはその第一句である発句《ほっく》（五・七・五）が独立して、やがて芸術となっていくことに注目してください。五音七音のリズムを継承しながら、季語の力を充填して新たな文学として拓かれたのが俳句です。蕪村の中に人麻呂の歌が、芭蕉の中に赤人の歌があって、長い歌の歴史をたどるようにして俳句も詠まれていったと考えるのも、悪くないのではないかと思うのです。

「菫《すみれ》」つながりの一首

たなばたも菫つみてや天の河
秋よりほかに一夜寝ぬらむ　冷泉為相『百首歌』

為相《ためすけ》は藤原定家《ていか》の孫。定家の子・為家《ためいえ》と阿仏尼《あぶつに》の間の子で、冷泉《れいぜい》家の始祖です。天の河といえば、牽牛《けんぎゅう》（彦星）と織女《しょくじょ》（織姫星）が初秋文月《ふみづき》（七月、新暦では八月頃）の七日に、年に一回出会う天の銀河。秋だけでなく、織女は春にもすみれを摘みに来ているのではないか、そのときには彦星も一緒に泊まっていくのではないか、というシャレた想像を歌にしたのです。天の河といえば秋、という定型的な考えから外れて。もちろん、赤人の歌を踏まえています。赤人も知れば、喜んだのではないでしょうか。デートにはすみれの季節もいいですよ、と。

平安時代きっての「色好み」

在《あり》原《わらの》業《なり》平《ひら》

八二五～八八〇

平城《へいぜい》天皇の皇子・阿保《あぼ》親王の五男。六歌仙《ろっかせん》の一人で、『古今集』を代表する時代歌人。藤原氏が勢いを増していく時代に皇族から臣籍に下り、官位には恵まれなかったが、風流を愛し、恋多き人生を送った。『伊勢物語』の主人公のモデルとされる。平安の「雅男《みやびお》」の代表。

代表的な歌

月やあらぬ春や昔の春ならぬ
わが身ひとつはもとの身にして

歌意　月もそうではないのか、春も昔のままではないのか。私一人だけがもとのまま変わらない身の上ということがあるだろうか。

起きもせず寝もせで夜をあかしては
春のものとてながめくらしつ

歌意　起きるでもなく寝るでもなく夜を明かして、春の長雨を眺めては、一日を暮らしてしまったなあ。

桜花《さくらばな》散りかひくもれ老いらくの
来むといふなる道まがふがに

歌意　桜の花よ、散りしきってあたりを曇らせておくれ。老いがやって来るという道がまぎれるように。

つひにゆく道とはかねて聞きしかど
昨日けふとは思はざりしを

歌意　最後に通る道だとは前から聞いていたけれど、昨日今日のようなこととは思っていなかったのだが。

「六歌仙」唯一の女性

小《お》野《のの》小《こ》町《まち》

生没年未詳

六歌仙の一人。平安時代初期の女性歌人。経歴は不明だが、絶世の美女として伝説化されている。文屋康秀《ふんやのやすひで》・僧《そう》正遍照《じょうへんじょう》との間に贈答歌が残るため、仁《にん》明《みょう》・文徳《もんとく》・清和《せいわ》天皇の時代（八三三〜八七六）、後宮《こうきゅう》に仕えたと考えられている。家集に『小町集』。

代表的な歌

色見えでうつろふものは
世の中の人の心の花にぞありける

歌意 目に見えないで変わってゆくものといえば、男女の間の人の心に咲く花のことですよ。

みるめなきわが身をうらと知らねばや
かれなで海士《あま》の足たゆく来る

歌意 逢うことの期待できない私だと知らずに、途切れることなくあなたは足を弱らせながら通ってくるのでしょうか。海松《みる》布《め》（海藻の一種）の生えない入り江だと、知らないで通ってくる海人《あま》のように。

わびぬれば身をうき草の根をたえて
さそふ水あらばいなむとぞ思ふ

歌意 やりきれない日々を過ごしてつらく思っているので、浮き草の根が切れて流れていくように、私を誘ってくれる人がいるならばご一緒しようと思います。

あはれてふことこそうたて世の中を
思ひはなれぬほだしなりけれ

歌意 いとしいなあという言葉こそ、どうにもならない人との仲を、思い切れない理由なのですよ。

『古今和歌集』の代表撰者

紀《きの》貫《つら》之《ゆき》

八六八?~九四五

『古今集』を代表する歌人。『古今集』撰者で、自ら百首以上の歌を収め、仮名書きの序文「仮名序《かなじょ》」を記す。理知的で技巧に富んだ歌を詠んだ。晩年、土佐守《とさのかみ》として赴任し、女性になりかわって平仮名で記したのが『土佐日記』。和文を発達させた第一人者。

代表的な歌

袖ひちてむすびし水のこほれるを
春立つけふの風やとくらむ

歌意 袖を濡らしてすくった水が冬のあいだに凍っていたのを、春になった今日の風が溶かしているだろうか。

解説 夏から冬、春へという、季節の変化が込められている

むすぶ手のしづくににごる山の井《い》の
あかでも人に別れぬるかな

歌意 すくう手のひらからこぼれた雫のせいで濁る山の湧き水、その閼伽《あか》(仏に供える水)ではないけれど、飽かずに(もの足りなく)人と別れてしまったよ。

人はいさ心もしらず
ふるさとは花ぞ昔の香《か》ににほひける

歌意 人はさあ、その心はわかりません。この古い昔なじみの里では、梅の花だけが昔のままの香りで咲きにおっているのです。

影みれば波の底なるひさかたの
空こぎわたる我ぞさびしき

歌意 海に映っている月の光を見ると、波の底にも空があるようだ。その空を漕いで渡っている、私の頼りなさよ。

中世和歌の原型を作った親子

藤原《ふじわらの》俊成《しゅんぜい》（としなり）
一一一四～一二〇四

藤原《ふじわらの》定家《ていか》（さだいえ）
一一六二～一二四一

俊成 崇徳《すとく》院に歌才を認められ、五十代頃から歌壇の指導的立場となる。独自の歌風を確立し、「幽玄《ゆうげん》」を主張した。『千載《せんざい》集』撰者。歌論『古来風体抄《こらいふうていしょう》』を著し、歌人の育成にも貢献した。

定家 俊成の子。三十代の頃から後鳥羽院の歌壇で活躍する。父とともに、歌作・歌論の両面で、新古今時代の中心的存在。『新古今集』撰者の一人。歌論『近代秀歌』、日記『明月記《めいげつき》』など、数多くの編著がある。

代表的な歌

夕されば野辺《のべ》の秋風身にしみて鶉《うずら》鳴くなり深草《ふかくさ》の里 ［俊成］

歌意 夕方になると、野を吹く秋風が身にしみて、うずらが鳴いているなあ、深草の里では。

解説 「深草の里」は、京都・伏見にある地名と、草深い里との掛詞。うずらが題材の『伊勢物語』百二十三段を思わせる

白妙《しろたえ》の袖の別れに露落ちて身にしむ色の秋風ぞ吹く ［定家］

歌意 白い着物の袖を重ねて過ごしたあとの別れに、紅い涙が露のようにこぼれ、身にしみる色の秋風が吹くことよ。

霜まよふ空にしをれし雁《かり》がねの帰るつばさに春雨ぞ降る ［定家］

歌意 霜のただよう秋の空を渡ってたどり着いた雁《がん》が帰っていく、その翼に春雨が降りかかっている。

駒《こま》とめて袖うちはらふかげもなし佐野のわたりの雪の夕暮 ［定家］

歌意 馬をとめて袖に積もった雪をはらう物陰もない。佐野の渡し場の、雪の降る夕暮であるよ。

解説 「佐野」は奈良か和歌山の地名。『万葉集』の本歌取り

諸国を行脚して歌を詠んだ

西行《さいぎょう》 一一一八～一一九〇

俗名・佐藤義清《のりきよ》。北面の武士として鳥羽院に仕えるが、二十三歳で出家。高野山を拠点に、陸奥《みちのく》や中国・四国地方など諸国を遍歴した。『山家《さんか》集』などに収められた二千余首は、ほぼ出家後の歌。独白調の歌は、新古今時代の歌人に大きな影響を与えた。

代表的な歌

松風の音のみなにか石《いわ》ばしる水にも秋はありけるものを

歌意　松を渡る風だけではない、岩にあたりしぶきをあげて流れる水にも、秋を感じるものなのに。

解説　松風といえば秋だけれど「石ばしる水」にも秋を感じるという。一般的な見方へのささやかな抵抗

津の国の難波《なにわ》の春は夢なれや葦《あし》の枯れ葉に風わたるなり

歌意　津の国の趣ある難波の春は夢だったのだろうか、今は葦の枯れ葉に風が吹き渡っている。

解説　冬の歌。「津の国」は摂津の国のことで、大阪と兵庫の一部

道の辺《べ》に清水ながるる柳かげしばしとてこそ立ちとまりつれ

歌意　道ばたに清水が流れている柳の木陰に、ほんの少しだけと思って立ち止まっていたよ。

年たけてまた越ゆべしと思ひきや命《いのち》なりけり小夜《さよ》の中山《なかやま》

歌意　年を重ねてまた越えることになろうと思っただろうか、命あってのことだ、小夜の中山（静岡県の山）よ。

近代和歌の新境地を拓く

与謝野晶子《よさのあきこ》

一八七八〜一九四二

大阪府堺市に生まれる。一九〇〇（明治三十三）年、与謝野鉄幹《てっかん》の「新詩社《しんししゃ》」創設に参加。文芸誌「明星」で歌を発表し、翌年、鉄幹と結婚。第一歌集『みだれ髪』の情熱的な恋愛歌は、社会に大きな反響を呼んだ。以後も、『源氏物語』の現代語訳や、評論家としても活躍した。歌集に『恋衣《こいごろも》』『舞姫』など多数。

代表的な歌

清水《きよみず》へ祇園《ぎおん》をよぎる桜月夜《さくらづきよ》
こよひ逢ふ人みなうつくしき

歌意　清水寺へと向かって祇園を通り抜けていく桜の咲く月夜、今宵すれちがう人はみな美しい。

なにとなく君に待たるるここちして
出でし花野の夕月夜《ゆうづくよ》かな

歌意　なんとなくあなたに待たれている予感がして、出かけた花の野原に、夕月がかかる夜であるよ。
解説　歌の世界では、「花野」は秋の花が咲く野原のこと

鎌倉や御仏《みほとけ》なれど釈迦牟尼《しゃかむに》は
美男におはす夏木立《なつこだち》かな

歌意　鎌倉の大仏は仏様だけれど、美男（ハンサム）でいらっしゃる。夏木立によく合って。

ああ皐月《さつき》仏蘭西《フランス》の野は火の色す
君も雛罌粟《コクリコ》われも雛罌粟

歌意　ああ五月よ、フランスの野は火の色をしている。あなたもコクリコ（雛罌粟）、私もコクリコに埋もれて。
解説　一九一二（明治四十五）年、夫・鉄幹とともに渡仏していたときに見た田園風景。「コクリコ」はひなげしのこと

旅と酒を愛した歌人

若《わか》山《やま》牧《ぼく》水《すい》

一八八五～一九二八

宮崎県に生まれる。早稲田大学在学中に、尾上《おのえ》柴舟《さいしゅう》に師事。一九〇八（明治四十一）年、人妻との恋愛に苦悩し、その心情を歌に詠んだ、第一歌集『海の声』を出版。のちに自然を詠み込むようになり、歌集『別離』で、自然主義の歌人として地位を確立する。旅と酒を愛し、『みなかみ紀行』など、すぐれた紀行文も残す。

代表的な歌

山を見よ山に日は照る
海を見よ海に日は照るいざ唇《くち》を君

歌意　山を見よ、山に日が輝く。海を見よ、海に日が輝く。さあ口づけを。

幾《いく》山《やま》河《かわ》越えさり行《ゆ》かば寂しさの
終《は》てなむ国ぞ今日も旅ゆく

歌意　いったいどれだけの山や河を踏み越えて行ったならば、寂しさが終わりになる国にたどりつくのだろう。今日も旅を続けていくのだ。

解説　一九〇七（明治四十）年夏、岡山から広島を歩いて詠んだ

海底《うなぞこ》に眼のなき魚の棲《す》むといふ
眼のなき魚の恋しかりけり

歌意　海の底に目のない魚が住んでいるという。目のない魚に（この身もなれたらと）心ひかれるのだよ。

解説　恋人との別れが決定的になった頃の歌

けふもまたこころの鉦《かね》をうち鳴《なら》し
うち鳴しつつあくがれて行《ゆ》く

歌意　巡礼者の鳴らす鉦のように、今日もまた心の中の鉦を何度も鳴らしながら、何かを追い求めて行くのだ。

「三行書き」で生活を詠む

石《いし》川《かわ》啄《たく》木《ぼく》

一八八六～一九一二

岩手県に生まれる。盛岡中学を中退後、与謝野鉄幹《てっかん》・晶子《あきこ》夫妻に師事するため上京。一九〇五（明治三十八）年、詩集『あこがれ』を刊行。生活苦から職を転々とする中で、浪漫《ろうまん》主義から、現実を直視する自然主義的歌風に転じる。実生活に根ざした題材を、平易な口語体と「三行書き」という新しい表現形式で詠んだ。歌集に『一握の砂』『悲しき玩具』。

代表的な歌

たはむれに母を背負ひて
そのあまり軽《かろ》きに泣きて
三歩あゆまず

歌意 たわむれに（ふざけて）母を背負ってみると、そのあまりに軽いのに泣けてきて、三歩と歩けないのだった。

不来方《こずかた》のお城の草に寝ころびて
空に吸はれし
十五《じゅうご》の心

歌意 不来方の城あとの草原で寝ころんだら、空に吸い込まれそうだった、十五歳の私の心よ。

解説 不来方城とは、盛岡城の別名。啄木が通った盛岡中学校の近くにあり、中学時代を回想してのちに詠んだ歌。

やはらかに柳あをめる
北上《きたかみ》の岸辺目に見ゆ
泣けとごとくに

歌意 やわらかに芽吹いたばかりの柳は青々として、北上川の岸辺とともに目に飛び込んでくる、まるで泣けと言うばかりに。

阿仏尼《あぶつに》 一二二二?～一二八三

十代半ばで宮仕えし、三十歳の頃、藤原為家《ためいえ》（藤原定家の子）の側室となり、冷泉為相《れいぜいためすけ》を生む。為家の死後、嫡子である為氏《ためうじ》との相続争いが起こり、訴訟のため鎌倉に下る。そのときの紀行文として『十六夜《いざよい》日記』を記す。

在原行平《ありわらのゆきひら》 八一八～八九三

平城《へいぜい》天皇の皇子・阿保《あぼ》親王の子で、在原業平より七歳年上の兄。最古の歌合《うたあわせ》を催し、在原氏一門の学問所・奨学院を創設。『古今集』などに入る。

和泉式部《いずみしきぶ》 生没年未詳

平安時代中期の女性歌人。橘道《みち》貞《さだ》と結婚して小式部内侍《こしきぶのないし》を生むが、離別する。その後、冷泉院皇子の為尊《ためたか》親王、親王没後はその弟・敦《あつ》道《みち》親王と恋愛関係に。敦道親王との恋愛を、『和泉式部日記』に描いた。敦道親王も夭折すると、一条天皇の中宮《ちゅうぐう》・彰子《しょうし》に仕え、のちに藤原保昌《やすまさ》と結婚した。『拾遺集』以下の勅撰集に、女性として最多入集。家集に『和泉式部集』。

伊勢《いせ》 生没年未詳

九世紀末頃の歌人。小野小町と並び『古今集』を代表する女性歌人。宇多《うだ》天皇の中宮・温子《おんし》に仕えた縁で、天皇の寵愛を受けて皇子を生む。天皇の譲位後は、宇多天皇の皇子・敦慶《あつよし》親王との間に、のちに歌人となる娘・中務《なかつかさ》を生んだ。優美で洗練された歌風で、勅撰集には二百首近くが入る。歌集に『伊勢集』。

伊藤左千夫《いとうさちお》 一八六四～一九一三

正岡子規の『歌よみに与ふる書』に感動し、一九〇〇（明治三十三）年、子規の門人となる。子規の没後、歌誌「馬酔木《あしび》」、のちに「アララギ」を創刊、アララギ派の基礎を作った。歌集に『左千夫歌集』など。純愛小説『野菊の墓』は、夏目漱石にも高く評価された。

大海人皇子《おおあまのおうじ》（天武《てんむ》天皇）

六三一?～六八六

第四十代天皇。兄・天智《てんじ》天皇の崩御後、その子・弘文《こうぶん》天皇（大友皇子）と対立（壬申《じんしん》の乱）。戦いに勝利して、六七二年、飛鳥浄御原宮《あすかのきよみはらのみや》で即位し、天武天皇となる。律令体制の強化に努め、『古事記』『日本書紀』など国史の編纂を命じた。皇后は、鸕野讃良皇女《うののさららのひめみこ》（のちの持統《じとう》天皇）。

大伯皇女《おおくのひめみこ》

六六一～七〇一

天武天皇の皇女。母は大田皇女《おおたのひめみこ》（天智天皇の皇女）。十四歳で斎宮《さいぐう》（朝廷から伊勢神宮に遣わされた未婚の内親王）となり、六八六年に帰京。同母弟・大《おお》津皇子《つのみこ》の死を知った。『万葉集』第二期の代表歌人で、六首が入る。

大田垣蓮月《おおたがきれんげつ》

一七九一～一八七五

京都に生まれ、大田垣家の養女となる。三十代で夫と死別して出家、四十代で養父や子どもたちにも先立たれ、天涯孤独の身の上になる。京都・東山知恩院や岡崎などを転々として庵を構え、自作の歌を記した陶器「蓮月焼」を焼いて生計を立てた。歌は香川景樹《かがわかげき》らに学び、平明で優雅な歌風。歌集に『海人《あま》の刈藻《かりも》』など。

大津皇子《おおつのみこ》

六六三～六八六

天武天皇の皇子。母は大田皇女（天智天皇の皇女）。草壁皇子《くさかべのみこ》（天武天皇の皇子。母は持統天皇）と並ぶ、皇位継承の有力候補だったが、天武天皇崩御後、謀反の罪で死罪となる。文武に秀で、人望も厚かったという。『万葉集』に四首が残る。

大伴旅人《おおとものたびと》

六六五～七三一

大伴家持《やかもち》の父。七二八年、大《だ》宰帥《ざいのそち》として筑紫（福岡県）に下り、山上憶良とともに、「筑紫歌壇《つくしかだん》」の中心人物となる。『万葉集』に入る八十首近い歌のほとんどは、その三年間のもの。中国文学に関する知識をふまえた作歌が特徴で、「酒を讃《ほ》むる歌」の連作も有名。

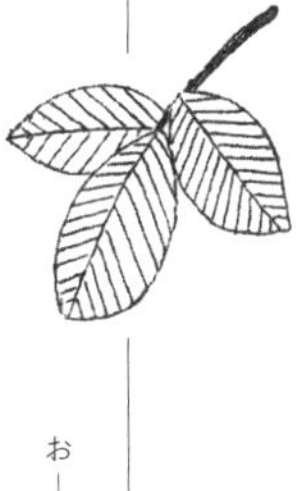

大《おお》伴《ともの》家《やか》持《もち》

七一八?～七八五

大伴旅人《たびと》の子。『万葉集』の大部分の編纂を行ったとされ、歌集最多の約四百首を残す。因幡国《いなばのくに》（鳥取県）の長官として赴任した際に詠んだ新年を賀す歌（P53）が、『万葉集』の最後を飾る。微妙な心情描写や感傷的な歌風は、次代への過渡期を感じさせる。

岡《おか》本《もと》かの子《こ》

一八八九～一九三九

十代で与謝野晶子に師事し、文芸誌「明星《みょうじょう》」「スバル」に短歌を発表。一九一〇（明治四十三）年、画家（のちに漫画家）・岡本一平と結婚し、のちに画家となる太郎を生むが、一平との性格的対立に悩み、仏教研究に入った。歌集に『かろきねたみ』など。ヨーロッパ遊学後、小説家に転身。『鶴は病みき』などの著作を残した。

柿《かきの》本《もとの》人《ひと》麻《ま》呂《ろ》

生没年未詳

持統・文武《もんむ》天皇の頃の宮廷歌人で、『万葉集』を代表する歌人。晩年、石見国《いわみのくに》（島根県）の役人になり、七一〇年前後に、その地で没したとされる。多くの公的儀礼歌をはじめ、羈旅《きりょ》歌（旅に触発された歌）、挽歌、相聞歌を残す。歌風は雄大で重厚。枕詞や序詞が多用される。長歌の様式を完成させ、後世には「歌聖《かせい》」とも呼ばれた。

鴨《かもの》長《ちょう》明《めい》

一一五五?～一二一六

賀茂御祖神社《かもみおやじんじゃ》（下鴨神社）の禰宜《ねぎ》（神官）の次男として生まれる。和歌・管弦にすぐれ、後鳥羽《ごとば》院のもとで和歌所の寄人《よりうど》となって多くの歌会に参加。五十歳頃に出家し、都近くの山に「方丈《ほうじょう》の庵《いおり》」を結び、随筆『方丈記』を書いた。家集『鴨長明集』のほか、歌論書『無名抄《むみょうしょう》』、説話集『発心《ほっしん》集』がある。

河《かわ》野《の》裕《ゆう》子《こ》

一九四六～二〇一〇

京都女子大学在学中に、宮柊《みやしゅう》二《じ》主宰の短歌会「コスモス」に入る。のちに短歌会「塔」に拠る。瑞々しい言葉遣いで、心情をのびやかに表現し、「平成の与謝野晶子」とも評される。晩年は乳がんと闘い、生と死に向き合った歌を詠んだ。歌集に『森のやうに獣のやうに』『桜森』など。

北《きた》原《はら》白《はく》秋《しゅう》　一八八五～一九四二

早稲田大学在学中から詩作に励み、「明星」「スバル」に、詩や短歌を発表。詩集『邪宗門《じゃしゅうもん》』『思ひ出』、歌集『桐の花』など、詩歌の両面で高い評価を得た。「トンボの眼玉」「雨ふり」など、童謡の作詞も多い。

木《きの》下《した》利《り》玄《げん》　一八八六～一九二五

学習院から東京大学に進み、佐佐木信綱《のぶつな》に歌の指導を受ける。一九一〇(明治四十三)年、志賀直哉《しがなおや》、武者小路実篤《むしゃのこうじさねあつ》らと文芸誌「白樺」を創刊。歌風は官能的なものから、次第に写実的なものへと変わった。歌集に『紅玉《こうぎょく》』など。

窪《くぼ》田《た》空《うつ》穂《ぼ》　一八七七～一九六七

歌人・太田水穂《みずほ》に影響されて歌を始める。浪漫主義などを経て、生活に根ざした喜びや悲しみをありのままに詠む「境涯詠《きょうがいえい》」に至る。歌集に『空穂歌集』『土を眺めて』など。万葉・古今・新古今の評釈など、国文学者としても名高い。

栗《くり》木《き》京《きょう》子《こ》　一九五四～

京都大学在学中に短歌と出会い、高安国世《たかやすくによ》に師事。はじめ「コスモス」、のちに「塔」に所属し、現在は選者。歌は知的で繊細、叙情豊か。歌集に『水惑星』『中庭《パティオ》』『夏のうしろ』など。

兼《けん》好《こう》　一二八三?～一三五二?

後二条院に仕えたが、三十歳前後に出家し、京都・洛西《らくせい》に庵を構えた。随筆『徒然草』で知られるが、本来は歌人で、歌壇に重要な地位を占めた。家集に『兼好自撰歌集』。

建《けん》礼《れい》門《もん》院《いん》右《う》京《きょう》大《のだい》夫《ぶ》　一一五七～?

高倉《たかくら》天皇の中宮・建礼門院徳子《けんれいもんいんとくこ》に仕えた。平資盛《すけもり》と恋愛関係にあり、一一八五年、壇ノ浦の戦いで資盛を亡くすと、悲しみの日々を

送る。『建礼門院右京大夫集』には、資盛との日々の回想が、約三百首の歌とともに記される。

皇嘉門院別当《こうかもんいんのべっとう》

生没年未詳

十二世紀末の女性歌人。崇徳《すとく》天皇の中宮・皇嘉門院に、女房として仕えた。『千載集』ほか勅撰集に多くとられているが、その生涯はよく知られていない。

小式部内侍《こしきぶのないし》

?～一〇二五

和泉式部の娘。母とともに中宮・彰子《しょうし》に仕えた。藤原教通《のりみち》をはじめ、複数の男性と恋愛関係にあった。藤原公成《きんなり》との子を生んだのち、二十代半ばで死去。才気あふれる歌人として知られたが、夭折したため、勅撰集には四首のみが入る。

近藤芳美《こんどうよしみ》

一九一三～二〇〇六

高等学校在学中、「アララギ」に入会し、土屋文明《つちやぶんめい》に師事した。東京工業大学を卒業後、建設会社に勤務し、応召して中国に渡る。戦後は宮柊二《みやしゅうじ》らと「新歌人集団」を結成し、戦後短歌の担い手として活躍。歌集に、戦時を生きる青春像を詠った『早春歌』ほか多数。

西園寺実兼《さいおんじさねかね》

一二四九～一三二二

鎌倉時代後期の貴族。持明院《じみょういん》統と大覚寺《だいかくじ》統との皇位継承問題に関わる。一二九一年に太政大臣となり、のちに出家した。琵琶の名手としても知られる。『玉葉集《ぎょくようしゅう》』に多くの歌が入る。

齋藤史《さいとうふみ》

一九〇九～二〇〇二

父は軍人だが、佐佐木信綱《のぶつな》門下の歌人でもあった。その影響で作歌を始め、歌誌「心の花」や、前川佐美雄《さみお》らと創刊した「短歌作品」に歌を発表。象徴詩風の作風が注目される。歌集に、二・二六事件を詠った歌を収めた『魚歌《ぎょか》』、『ひたくれなゐ』など。

斎藤茂吉《さいとうもきち》　一八八二〜一九五三

親戚の医師・斎藤紀一《きいち》の養子として東京大学医学部を卒業し、精神科医となる。正岡子規の『竹《たけ》の里歌《さとうた》』に感銘を受け、一九〇六(明治三十九)年、伊藤左千夫《さちお》の門人となり、「アララギ」に参加。実母と師である左千夫が死去し、その喪失の痛みと悲しみを詠った第一歌集『赤光《しゃっこう》』を刊行、脚光を浴びる。なかでも連作「死にたまふ母」は、大きな反響を呼んだ。以後、『あらたま』『ともしび』など多数。

狭野茅上娘子《さののちがみのおとめ》

生没年未詳

奈良時代の女性歌人。狭野弟《おと》上《がみの》娘子とも。中臣宅守《なかとみのやかもり》と夫婦関係だったが、宅守が越前国《えちぜんのくに》(福井県)に流罪に。『万葉集』には、そのときの贈答歌二十三首が残り、激しい恋情が詠われる。

三条院《さんじょういん》　九七六〜一〇一七

第六十七代天皇。冷泉《れいぜい》天皇の第二皇子で、母は藤原兼家《かねいえ》の娘・超子《ちょうし》。時の権力者・藤原道長から、娘・彰子の生んだ後一条天皇を推すため、早期の譲位を迫られる。また、ひどい眼病にも苦しんだ。

志貴皇子《しきのみこ》　?〜七一六?

天智天皇の第七皇子。『万葉集』に残るのは六首のみだが、明快で新鮮な感覚を持つ歌は、高く評価されている。

持統天皇《じとうてんのう》　六四五〜七〇二

天智天皇の皇女で、名は鸕野讃良皇女《うののさららのひめみこ》。天武天皇の皇后となり、草壁皇子《くさかべのみこ》を生む。天武天皇の崩御と草壁皇子の死を受けて、六九〇年に即位。六九七年、孫の文武《もんむ》天皇に譲位した。天武天皇の遺志を継いで宮廷の儀礼なども整え、柿本人麻呂など宮廷歌人の活躍の場をつくった。

釈迢空《しゃくちょうくう》　一八八七〜一九五三

大学時代から「アララギ」に参加。のちに浪漫《ろうまん》派に転じ、北原白秋らと歌誌「日光」を創刊。民俗学者・折口信夫《おりくちしのぶ》としてもすぐれた業績を残す。歌集『海やまのあひだ』は、民俗行事や祭りを探訪した際に出会った人々や風物を題材にとる。

寂蓮《じゃくれん》 一一三九頃〜一二〇二

俗名は藤原定長《さだなが》。伯父・藤原俊成《しゅんぜい》の養子になるが、嫡男の定家《ていか》が誕生し、三十歳頃に出家。京都・嵯峨に隠棲し、諸国を旅した。後鳥羽院に歌を高く評価され、『新古今集』撰者となるが、完成前に亡くなる。歌風は繊細で技巧的。家集に『寂蓮法師集』。

式子内親王《しょくしないしんのう》 一一五三?〜一二〇一

後白河《ごしらかわ》天皇の皇女。少女時代から賀茂斎院《かものさいいん》(賀茂神社に奉仕する未婚の皇女)に、約十年間勤めたのち出家。藤原俊成に歌を学び、『古来風体抄《こらいふうていしょう》』を贈られた。『新古今集』には、四十九首がとられ、その数は女性では一位。繊細で哀愁を帯びた歌が多い。家集に『式子内親王集』。

周防内侍《すおうのないし》 生没年未詳

平安時代後期の女性歌人。後冷泉《ごれいぜい》・後三条・白河・堀河《ほりかわ》の四天皇に仕え、各所の歌合《うたあわせ》に出て歌を詠んだ。家集に『周防内侍集』。

菅原道真《すがわらのみちざね》 八四五〜九〇三

学者の家系に生まれ育ち、幼少期から漢学の才を発揮した。宇多《うだ》・醍醐《だいご》天皇の信任厚く、右大臣まで昇りつめるが、藤原氏の排斥により、九〇一年、大宰府《だざいふ》に左遷。筑紫(福岡県)で失意のうちに没する。和歌も多く、『古今集』などに入る。

崇徳院《すとくいん》 一一一九〜一一六四

第七十五代天皇。鳥羽天皇の第一皇子で、母は璋子《しょうし》。五歳で即位するが、鳥羽天皇に強いられて、弟の近衛《このえ》天皇に譲位。一一五六年、保元《ほうげん》の乱を起こすが、敗れて讃岐《さぬき》(香川県)に流され、その地で没する。幼い頃から和歌を好んで頻繁に歌合を催し、『詞花《しか》集』を編纂させた。

清少納言《せいしょうなごん》　九六六?〜一〇二五?

『枕草子』の作者。歌人・清原元輔《きよはらのもとすけ》の娘として、九六六年頃出生。橘則光《たちばなののりみつ》と結婚して則長《のりなが》を生むが、その後離別。九九三年頃から、一条天皇の中宮・定子《ていし》に女房として仕える。定子の崩御後は、藤原棟世《むねよ》と結婚するが、晩年は不明。家集に『清少納言集』。

僧正遍照《そうじょうへんじょう》　八一六〜八九〇

六歌仙《ろっかせん》の一人。俗名は良岑宗貞《よしみねのむねさだ》。桓武《かんむ》天皇の孫。仁明《にんみょう》天皇に仕えるが、その崩御に伴い出家。世の信任が厚く、のちに僧正の位に昇った。歌風は軽妙洒脱。

素性《そせい》　生没年未詳

平安時代前期の歌人。僧正遍照《そうじょうへんじょう》の子。清和《せいわ》天皇に仕えたのち、出家した。屏風歌や歌合などで広く活躍。歌風は軽妙で機知にあふれる。家集に『素性集』。

待賢門院堀河《たいけんもんいんのほりかわ》　生没年未詳

平安末期の女性歌人。鳥羽天皇の中宮・待賢門院璋子に仕えて堀河と呼ばれ、中宮とともに出家した。黒髪を題材にした歌は、俊成らに高く評価され、『千載集』や百人一首にも入集している。家集に『待賢門院堀河集』。

俵万智《たわらまち》　一九六二〜

早稲田大学在学中、歌人・佐佐木幸綱《ゆきつな》の講義をきっかけに作歌をスタート。「心の花」に参加。一九八七（昭和六十二）年、口語を自在に駆使した第一歌集『サラダ記念日』が、若い女性の圧倒的な支持を受けてベストセラーに。歌集に『チョコレート革命』『未来のサイズ』など。古典作品を紹介するエッセイも多い。

寺山修司《てらやましゅうじ》　一九三五〜一九八三

早稲田大学在学中に、雑誌「短歌研究」の新人賞を受賞。瑞々し

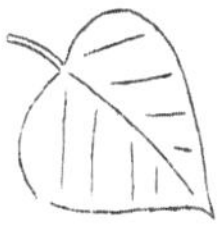

い青春歌で、塚本邦雄《つかもとくにお》、岡井隆《おかいたかし》とともに、前衛歌人として注目を集めた。歌集に『空には本』『田園に死す』など。一九六七（昭和四十二）年、演劇実験室「天井桟敷《てんじょうさじき》」を結成し、演劇に重心を移した。

長塚《ながつか》 節《たかし》　一八七九〜一九一五

豪農の家に生まれ、一九〇〇（明治三十三）年、正岡子規の門人となる。伊藤左千夫《さちお》とともに、歌誌「馬酔木《あしび》」「アララギ」を創刊。客観的写生に徹した歌は、子規短歌の最も正統な継承者と言われた。歌集に『長塚節歌集』。小説『土』は、農民文学の名作。

額田王《ぬかたのおおきみ》　生没年未詳

『万葉集』を代表する女性歌人。はじめ大海人皇子（のちの天武天皇）との間に十市皇女《とおちのひめみこ》を産むが、その後、中大兄皇子（のちの天智天皇）の寵愛を受けた。天皇の行幸に際して歌を詠むなど、朝廷の巫女的な存在でもあった。『万葉集』に、長歌三首、短歌九首を残す。歌は、豊かな感情や力強い調べが特徴。

野村望東尼《のむらもとに》　一八〇六〜一八六七

福岡藩士の娘として生まれ、同藩士と結婚。五十四歳で夫に先立たれて出家する。勤王の志士に共鳴し、長州藩の高杉晋作をかくまったことなどで一八六五年、玄界《げんかい》灘《なだ》の姫島《ひめしま》に流されるが、のちに救出される。家集に『向陵集《こうりょうしゅう》』。

丈部稲麻呂《はせつかべのいなまろ》　生没年未詳

奈良時代の防人《さきもり》。駿河《するが》（静岡県）の人。七五五年、筑紫（福岡県）に赴く途中で詠んだ歌一首が、『万葉集』にある。

藤原家隆《ふじわらのいえたか》　一一五八〜一二三七

歌を俊成に学び、定家と並び称される。『新古今集』撰者の一人。叙景歌《じょけいか》にすぐれ、生涯で六万首を詠んだという。後鳥羽院の信任厚く、隠岐《おき》配流後も交流を続けた。家集に『壬二集《みにしゅう》』。

藤《ふじ》原《わらの》敏《とし》行《ゆき》　?〜九〇一?

宇多天皇の宮廷歌人として活躍。能書家としても名高く、京都・神《じん》護《ご》寺の鐘銘が現存する。歌は、六歌仙時代から『古今集』撰者時代への過渡期の性格を持つ。『古今集』など勅撰集に、二十九首が入集。

藤《ふじ》原《わらの》道《みち》信《のぶ》　九七二〜九九四

『大鏡《おおかがみ》』には「いみじき和歌の上手」とあり、将来を嘱望されたが、二十三歳で夭折。家集に『道信集』。

藤《ふじ》原《わらの》義《よし》孝《たか》　九五四〜九七四

兄・挙賢《たかかた》は前少将《さきのしょうしょう》、義孝は後《のちの》少将《しょうしょう》と並び称されたが、疱瘡《とうそう》（天然痘）で兄は朝、義孝は夕と、同じ日に亡くなった。幼い頃から仏教に帰依し、『大鏡』などに往生説話が残る。家集に『義孝集』。

前《まえ》田《だ》夕《ゆう》暮《ぐれ》　一八八三〜一九五一

尾上柴舟《おのえさいしゅう》に師事。第一歌集『収穫』で、若山牧水とともに、自然主義を代表する歌人として認められる。一九一一（明治四十四）年、歌誌「詩歌」を創刊。のちに自由律短歌を提唱したが、晩年には定型に復帰した。

前《まえ》　登《と》志《し》夫《お》　一九二六〜二〇〇八

詩人として出発。前川佐美雄に師事する。歌誌「ヤママユ」を主宰。吉野の山で林業を営みながら、日本の自然風土や民俗を背景とした、独自の歌風を確立した。歌集に『子午線《しごせん》の繭《まゆ》』『縄文紀』など。

正《まさ》岡《おか》子《し》規《き》　一八六七〜一九〇二

本名は常規《つねのり》。東京大学在学中に、俳句革新運動を開始する（大学はのちに中退）。愛媛・松山で、俳誌「ホトトギス」の編集・発行を行い、「写生」の俳句を実践。一方で、『古今集』を批判し、『万葉集』を称賛した歌論『歌よみに与ふる書』（一八九八年）を発表し、短歌革新運動にも取り組んだ。三十五歳で病没。歌集に『竹《たけ》の里歌《さとうた》』。

源実朝《みなもとのさねとも》 一一九二〜一二一九

源頼朝の次男で、鎌倉幕府の三代将軍。北条氏が力を強める中、名目のみの将軍であり、二十八歳で兄・頼家《よりいえ》の子、公暁《くぎょう》に暗殺される。定家に歌を学び、歌論書『近代秀歌』などを贈られた。大胆な万葉調の歌は、正岡子規ら近代の短歌界でも評価が高い。家集に『金槐《きんかい》和歌集』。

源重之《みなもとのしげゆき》 ?〜一〇〇〇?

地方国司を歴任し、筑紫（福岡県）、陸奥《みちのく》（東北地方）に足跡を残す漂泊の歌人。家集に『重之集』。

源順《みなもとのしたごう》 九一一〜九八三

漢詩文・和歌にすぐれ、歌人・学者として活躍。漢和辞書『和《わ》名類聚抄《みょうるいじゅしょう》』を編集する。「梨壺《なしつぼ》の五人」として『後撰集』を編纂。

源経信《みなもとのつねのぶ》 一〇一六〜一〇九七

源俊頼《としより》の父。博識多才で、詩・歌・管弦にすぐれていたため、「三《さん》舟《しゅう》の才」と称された。家集に『経信集』。『後拾遺集』の撰者に選ばれず、歌論書『難《なん》後拾遺』で批判した。

源俊頼《みなもとのとしより》 一〇五五〜一一二九

源経信《つねのぶ》の子。院政期を代表する歌人。白河法皇の命で『金葉《きんよう》集』を撰定。清新・自由な歌風は、俊成らを通して、中世和歌にも大きな影響を与えた。歌論にもすぐれ、歌論書『俊頼髄脳《としよりずいのう》』を著す。家集に『散木奇《さんぼくき》歌《か》集』など。

壬生忠岑《みぶのただみね》 生没年未詳

平安前期の歌人で、『古今集』撰者。官位は低かったが、歌合にほとんど列席するほど、歌人としては名高かった。抒情的で華麗な歌風。家集に『忠岑集』。

宮柊二《みやしゅうじ》 一九一二〜一九八六

一九三三（昭和八）年、北原白秋を訪れ門人となる。白秋主宰の歌誌「多磨」創刊に参加。一九三九（昭和十四）年、応召で中国各地を転戦。戦後、過酷な戦争体験に基づく歌を多く残した。戦後短歌の旗手として一九五三（昭和二十八）年、「多磨」の流れをくむ歌誌「コスモス」を創刊。歌集に『山西省《さんせいしょう》』ほか。

紫式部《むらさきしきぶ》　生没年未詳

平安中期の物語作者・歌人。『源氏物語』の作者。漢学者の父の影響で、若くして漢詩文に親しんだ。藤原宣孝《のぶたか》と結婚し娘を生むが、夫に先立たれ、『源氏物語』の執筆を開始したという。のちに一条天皇の中宮・彰子《しょうし》に女房として仕えた。『紫式部日記』、家集『紫式部集』が残る。

山上憶良《やまのうえのおくら》　六六〇〜七三三？

遣唐使として入唐した知識人。七二六年頃、筑前（福岡県）の国司として赴任。大宰帥《だざいのそち》だった大伴旅人と交流し、「筑紫歌壇《つくしかだん》」を形成した。生老病死や貧しさなどの人間苦を題材に、思想性・社会性に富んだ歌を作った。子を思う歌も広く知られる。

山部赤人《やまべのあかひと》　生没年未詳

奈良時代の宮廷歌人。聖武天皇の行幸に従った際の歌や、東国（関東地方）や四国への旅で詠んだ歌が多い。洗練された叙景歌《じょけいか》で新境地を拓き、後世に「歌聖《かせい》」として、柿本人麻呂と並び称される。

吉井勇《よしいいさむ》　一八八六〜一九六〇

与謝野鉄幹の「新詩社」に参加して、「明星」に短歌を発表。脱退後は北原白秋らとともに、耽美派が集まる「パンの会」を結成。また、文芸誌「スバル」を創刊して短歌・戯曲を発表した。享楽の世界を詠った歌集『酒《さか》ほがひ』で一躍注目を浴びる。

良寛《りょうかん》　一七五八〜一八三一

越後（新潟県）・出雲崎《いずもざき》の神官の長男に生まれるが、十八歳で出家。諸国行脚ののちに帰郷し、国上山《くがみ》の「五合庵《ごごうあん》」で、清貧な生活を送った。歌は純真で平明な万葉調。漢詩、書にもすぐれた作を残す。家集に『蓮《はちす》の露』など。

和歌用語辞典

和歌に関する主要な用語を解説します（配列は五十音順）。

東歌

東国（静岡県・長野県以東の地方）で歌い継がれてきた口承歌謡。『万葉集』巻十四と『古今集』巻二十の一部に収められる。すべてよみ人知らず。庶民の生活から生まれた歌で、方言が多く用いられ、素朴・率直に詠われる。

歌《うた》合《あわせ》

歌人を左右二組に分け、それぞれが歌を詠み合って優劣を競う遊び。審判役を「判者《はんじゃ》」という。記録に残るものでは、八八五年頃に在原行平《ゆきひら》（業平の兄）が催したものが最古。

歌枕

古来、歌によく詠まれた景勝地のこと。特定の連想を促す。直接現地を知らずに用いることも多かった。「龍田川《たつたがわ》」（紅葉を連想させる）、「須磨《すま》」（海人《あま》を連想）など多数。

縁語

歌の主題に関連の深い複数の語句を、一首の中に意識的に詠み込む技法。言葉の連想の面白さや、複雑なイメージが生まれる。「葦《あし》・節《ふし》・節《よ》」「焼く・藻塩《もしお》・こがる」など。

折《おり》句

各句の頭に、別の意味を持った仮名五文字の語句を折り込むもの。「からころも　きつつなれにし　つましあれば　はるばるきぬる　たびをしぞおもふ」（在原業平『古今集』）の場合は、「かきつは（ば）た」。

掛《かけ》詞《ことば》

同音異義語を利用して、一つの語句に複数の意味を持たせる技法。意味を二重にすることで、象徴的で複雑なイメージを生み出す。通常は、二重に口語訳する。「ながめ」は眺めと長雨《ながめ》、「ふる」は古《ふ》る、経《ふ》る、振る、降るなど。

歌論

歌に関する批評書。先駆けは、

紀貫之による『古今集』の序文「仮名序《かなじょ》」。平安期には藤原公任《きんとう》の『新撰髄脳《しんせんずいのう》』、源俊頼《としより》の『俊頼髄脳』（髄脳とは、「和歌の本質を解いた書物」の意味で、歌論書と同義）。鎌倉期には藤原俊成《しゅんぜい》の『古来風体抄《こらいふうていしょう》』が書かれた。

句切《くぎ》れ

結句以外の句で、意味のまとまりで歌が切れること。位置によって歌全体のリズムが変わる。五七調（二句切れ・四句切れ）は、どっしりとした安定感が生まれる。七五調（初句切れ・三句切れ）の場合は、さらりとした流麗な雰囲気が生まれる。「句切れなし」の歌も多い。

詞書《ことばがき》

歌の前に置かれ、歌題を記したり、歌を作った動機や事情について説明する文章のこと。「題詞《だいし》」とも。

防人歌《さきもりうた》

防人とは、九州沿岸の防備のため、おもに東国から徴集された兵士。防人歌は、防人やその家族たちが、離別の悲しみや望郷の思いを詠った歌で、『万葉集』巻十四、二十などに収められている。撰者の大伴家持《やかもち》が、防人を統括する地位にいたことも関係が深い。

三代集《さんだいしゅう》

十世紀初頭に、最初の勅撰和歌集『古今集』が成立。その後、約五十年間隔で編まれた『後撰《ごせん》集』『拾遺《しゅうい》集』とを合わせて「三代集」と呼ぶ。三集合わせて和歌の理想とされ、藤原定家《ていか》は、歌の言葉は三代集に依るべきだと説いた。

私家集《しかしゅう》

個人の歌集。勅撰和歌集に対していう。「家集《かしゅう》」とも。

序詞《じょことば》

意味や音の関連から、ある語句を導き出し、それを飾る言葉。歌意に比喩的・象徴的な意味を添える。機能は「枕詞」とほとんど同じだが、基本は作者の独創で、一回限りの表現。七音以上の場合が多い。「あしびきの山鳥の尾のしだり尾の」（長々しい を導く）など。

旋頭歌

五・七・七、五・七・七の二首を繰り返す形式の歌。唱和・問答する歌謡形式が起源とされる。

雑歌

「相聞」「挽歌」以外の歌の総称。行事や宴会のときに詠まれた。または、国見《くにみ》（春の初めに、天皇が山に登り、国土を見下ろしながらその繁栄を祝する農耕儀礼）・行幸《ぎょうこう》（天皇の外出）といった、宮廷の公的の場での歌。人生の述懐を詠んだ歌なども含む。

相聞

贈答歌の意味。男女の恋愛や、家族・友人間の親愛や思慕の情を詠んだ歌。特に恋歌が中心となる。

題詠

あらかじめ設定された題に基づいて歌を詠むこと。平安時代に入り、「歌合」「屏風歌」が盛んになるにつれて発達した。

短歌

五・七・五・七・七の五句三十一音から成る、和歌の代表的な形式。当初は、「長歌」に対する歌体のことを指したが、平安時代になって和歌のほとんどが短歌で詠まれるようになると、「和歌」がそのまま「短歌」を指すようになった。

長歌

五・七、五・七、五・七……、七。五七音を三回以上繰り返し、最後に七音の一句を置く。長さに制限はない。柿本人麻呂によって確立された。長歌のあとに付く短歌を「反歌《はんか》」といい、長歌の内容を要約・補足する役割を持つ。

勅撰和歌集《ちょくせんわかしゅう》

天皇・上皇が自身で、または誰かに命じて編集した和歌集。醍醐天皇の命による『古今集』が最初。

梨壺《なしつぼ》の五人《ごにん》

九五一年、村上《むらかみ》天皇が宮中に設けた和歌所《わかどころ》で、『後撰集《ごせんしゅう》』の編纂に当たった五人の歌人、大中臣能宣《おおなかとみのよしのぶ》、清原元輔《きよはらのもとすけ》、源順《みなもとのしたごう》、紀時文《きのときふみ》、坂上望城《さかのうえのもちき》のこと。和歌所の中庭に梨の木が植えてあったため、「梨壺」と呼ばれた。『万葉集』の訓読（漢文を日本語の文体に置き換えること）も、重要な仕事であったとされる。

八代集《はちだいしゅう》

三代集に加え、『後拾遺集《ごしゅういしゅう》』『金葉集《きんようしゅう》』『詞花集《しかしゅう》』『千載集《せんざいしゅう》』『新古今集』を合わせて「八代集」と呼ぶ。

挽歌《ばんか》

死者を哀悼する歌。元来は、棺を挽きながら詠誦《えいしょう》した。『古今集』以後の部立《ぶだて》では、「哀傷歌」が相当。

屏風歌

屏風に描かれた大和絵《やまとえ》（風景や風俗を描いた絵）に書き添えられた歌。あるいは、その大和絵を主題にして詠んだ歌のこと。屏風の絵は、四季、名所、年中行事などさまざま。創作方法は「題詠」に近い。

部立

歌集において、主題ごとに歌をまとめ、分類する方法。『万葉集』では、相聞・挽歌・雑歌《ぞうか》など。『古今集』では、春・夏・秋・冬・賀・離別・恋・哀傷・雑などに分けられる。『古今集』以降はほぼ、その部立が踏襲された。

仏足石歌

五・七・五・七・七・七。短歌形式に七音を加えた形式。薬師寺（奈良県）の仏足石（釈迦の足跡を刻んだ石）の歌碑に刻まれた二十一首に用いられ、

仏の教えについて歌っている。『万葉集』にも一首ある。

本歌取り

すでにある古歌《こか》（本歌）の一部（語句や素材）を詠み込むことで、その情趣を取り入れる技法。歌のイメージに重層性を持たせ、余情と奥深さを感じさせる。『新古今集』時代に多用された。

枕詞

意味や音の関連から、特定の語句を導き出し、それを飾る言葉。歌の調子を整えたり、印象を強めたりする。言葉自体の意味はなく、慣用的に用いられる。口語訳はしない。おもに五音で、「ちはやぶる」（神・社《やしろ》などを導く）、「ひさかたの」（天・空・月・雲・光などを導く）など多数。

万葉仮名

奈良時代まで、日本には固有の文字（平仮名・カタカナ）がなかったため、表意文字である漢字を、その意味に関係なく表音文字として用いて、言葉を表記した。特に『万葉集』に多く使われていることから、「万葉仮名」と呼ばれる。

六歌仙

『古今集』の序文「仮名序」で、「近き世にその名聞こえたる人」として評された、六人の歌人。在原業平、僧正遍照《そうじょうへんじょう》、小野小町を筆頭に、文屋康秀《ふんやのやすひで》、喜撰《きせん》、大友黒主《おおとものくろぬし》。

参考文献

伊藤一彦『現代〝うたことば〟入門』（NHK出版）
上野誠『体感訳 万葉集 令和に読みたい名歌36』（NHK出版）
上野誠『万葉にみる男の裏切り・女の嫉妬』（NHK出版・生活人新書）
上野誠『万葉挽歌のこころ 夢と死の古代学』（角川選書）
江田浩司『今日から始める楽しい短歌入門』（実業之日本社）
奥富敬之『天皇家と源氏 臣籍降下の皇族たち』（吉川弘文館）
川上富吉・編『萬葉集名花百種鑑賞』（新典社）
北川省一『漂泊の人 良寛』（朝日選書）
久保田淳『富士山の文学』（文春新書）
小高賢・編著
『近代短歌の鑑賞77』『現代短歌の鑑賞101』『現代の歌人140』（新書館）
佐佐木幸綱『男うた女うた——男性歌人篇』（中公新書）
篠田治美『和歌と日本語 万葉集から新古今集まで』（藤原書店）
鈴木宏子『「古今和歌集」の創造力』（NHKブックス）
鈴木健一『天皇と和歌 国見と儀礼の一五〇〇年』（講談社選書メチエ）
俵万智『牧水の恋』（文藝春秋）
塚本邦雄『珠玉百歌仙』（講談社文芸文庫）
永井路子『万葉恋歌 日本人にとって「愛する」とは』（光文社文庫）
中川佐和子『短歌の練習帳』（池田書店）
長澤ちづ、山田吉郎、鈴木泰恵『今こそよみたい近代短歌』（翰林書房）
永田和宏『知の体力』（新潮新書）
中西進『悲しみは憶良に聞け』（光文社）
中西進『うたう天皇』（白水社）
中野貴文『徒然草の誕生 中世文学表現史序説』（岩波書店）
中村史朗『京都名筆散歩 古都で「書」にひたる』（淡交社）
馬場あき子『男うた女うた——女性歌人篇』（中公新書）
馬場あき子・編『日本名歌小事典』（三省堂）
原島広至『百人一首今昔散歩』（中経の文庫）
半藤一利『万葉集と日本の夜明け』（PHP文庫）
富士正晴『日本の旅人 西行』（淡交社）
三村晃功『いろは順歌語辞典』（和泉書院）
森浩一『萬葉集に歴史を読む』（ちくま学芸文庫）
山田利博『よく和歌る源氏物語』（武蔵野書院）
山本淳子『源氏物語の時代 一条天皇と后たちのものがたり』（朝日選書）
由良琢郎『歌の流れ・時の流れ 上代歌謡から後白河法皇まで』（武蔵野書院）
吉田精一、本林勝夫、岩城之徳・編『現代短歌評釈』（学燈社）
吉野秀雄『良寛』（アートデイズ）
渡部泰明・編『和歌のルール』（笠間書院）
伊藤博『萬葉集釋注』（集英社文庫）
岡井隆・監修『岩波現代短歌辞典』（岩波書店）
尾形仂・編『新編 俳句の解釈と鑑賞事典』（笠間書院）
中西進『万葉集 全訳注原文付』（講談社）
あんの秀子『楽しく覚える百人一首』（成美堂出版）
あんの秀子
『ちはやと覚える百人一首「ちはやふる」公式和歌ガイドブック』（講談社）
あんの秀子『マンガでわかる百人一首』（池田書店）
ほか多数

歌さくいん

あ

か

さ

ま

や

ら

わ

「うた」は、呼び合っている――。

ずいぶん大人になってから中学校の教壇に立つことになり、久しぶりに百人一首の歌にふれたときの楽しさを、忘れることができません。

「大貴族の奥様に、キャリア女房。そうそうたる顔ぶれの方々が、恨み言をなかなか堂々と詠んでいるな」とか、「紫式部の歌（めぐり逢ひて…）は、恋の歌ではなかったのか」、「季節を詠む歌は、たけなわの頃でなく、春から夏、秋から冬といった、その移ろいにこそ重きが置かれているのだな」というように、ちょっとした発見がいくつもありました。

多少の人生経験がスパイスを与えてくれたのか、読み取り方によって歌の味わいが変化したり、心を揺さぶられたりすることも実感できて、かつて授業を受けていた頃よりも、はるかに奥行きのある存在として、百人一首は私の前に立ち現れたのでした。

百人一首は、詠まれた時代順に番号が付けられて、一首ずつ整然と並んでいるように見えます。けれども、一首ごとの歌のリズムや意味、それぞれの言葉が持つイメージ、歌人の人物像などを探っていくうちに、歌同士のつながりにも目がいくようになりました。すると、時代が近い隣同士だけでなく、離れた番号同士の歌の間にも、物語が見えてくるのです。

歌を詠むということは、「文《ふみ》」などで贈答し合うこともありますし、「歌《うた》合《あわせ》」などの場で、いわば芸術上のライバル同士がしのぎを削る場合もあります。「本《ほん》歌《か》取《ど》り」のような手法で、自分以前の歌に連なることもあります。

ただそのような手段がなくとも、歌に呼ばれて歌を詠み、その歌がさらに別の歌を呼ぶということは、歌にとっては原初的なこと、本質的なことなのではないでしょうか。

歌は、心のつぶやきや叫びを、直接伝えたい誰かにだけ伝えるものではありません。伝えたい人はもういない、けれど詠いたい。いや、いないからこそ、というほうが、歌の真実かもしれません。死者を弔うために「挽歌《ばんか》」というジャンルがあるように、世界中の、自分とは関わりがない人々にも、時代も空間も超えて届けようとするのが、歌なのです。

詠み人の手を離れた歌そのものが、流れをつくったりぶつかったりしながら、歌の歴史が編まれてきました。そして、今ここに私自身がいて、古《いにしえ》から現代に至るまでの数々の歌と出会ったことに、何ともいえない安らぎや心強さを覚えるのです。

江戸時代までの歌を「和歌」、明治以降を「短歌」と、大まかに分けて呼ぶことも多いのですが、その壁はそれほど高いものではありません。底流には共通点も多いのです。古典の世界の歌人たちが追求してやまなかったことを、近現代の歌人がずばり表現していることもあるでしょう。それが、「呼び合う」歌のひとつのかたちです。こうした歌との出会い、そして歌同士のつながりを、この本を通して少しでも楽しんでいただければ幸いです。

最後に、取り上げさせていただいた歌人、その関係の方々に、心よりお礼申し上げます。また、イラストレーターのトリノコさんは、謄写版《とうしゃ》という手法で、歌の味わいをいっそう魅力的にしてくださいました。そして、企画から完成まで関わってくださった、すべての方々に感謝の気持ちを込めて。

二〇二一年一月　あんの秀子

著者
あんの秀子
早稲田大学第一文学部卒業。広告会社・出版社勤務を経て、文筆家に。中学・高校の国語教師をつとめるかたわら、日本文学・日本語などをテーマに執筆。著書に『ちはやと覚える百人一首「ちはやふる」公式和歌ガイドブック』（講談社）、『百人一首の100人がわかる本』（芸文社）、『マンガでわかる百人一首』（池田書店）、『楽しく覚える百人一首』（成美堂出版）などがある。

イラスト
トリノコ
おもに動物をモチーフとして、謄写版*の技法を用いたイラストや、小さな木彫り作品を制作。各地のギャラリーでの個展開催や、書籍への作品提供などで活躍中。https://www.torinoko.info/
*通称・ガリ版。ろう引きの原紙に、鉄筆で細かい穴をあけ、そこから印刷インキを押し出して印刷する方法。

デザイン　芝 晶子（文京図案室）
校正　関根志野
編集・執筆協力　松田明子
企画・編集　上原千穂（朝日新聞出版 生活・文化編集部）

つながる短歌100
人々が
心を燃やして
詠んだ
三十一文字

著者　あんの秀子
発行者　橋田真琴
発行所　朝日新聞出版
〒104-8011
東京都中央区築地5-3-2
電話　03-5541-8996（編集）
　　　03-5540-7793（販売）
印刷所　大日本印刷株式会社

Published in Japan
by Asahi Shimbun Publications Inc.
ISBN 978-4-02-334004-6
定価はカバーに表示してあります。
落丁・乱丁の場合は弊社業務部（電話03-5540-7800）へご連絡ください。送料弊社負担にてお取り替えいたします。